君が夏を走らせる

瀬尾まいこ著

新 潮 社 版

11312

君が夏を走らせる

1

「どういうことっすか？」

あまりに驚いて俺が声を上ずらせるのに、先輩は、

「だから、一ヶ月、こいつの面倒見てくれたらいいってこと」

と平然と言った。

「こいつって……」

目の前には子どもがちょこんと座って、おもちゃの車を動かしている。頭も手も足も何もかもが小さくて、子ども自体が人形みたいだ。

「鈴香《すずか》って言います。今一歳十ヶ月で、今度の九月で二歳です。よろしくお願いします」

女の子をまじまじ見ている俺に、先輩の奥さんが子どもの頭をぺこりと下げさせながら言った。女の子の細くて茶色い髪の毛がふわりと揺れる。一歳の子どもなんて間近で見たことなかったけど、まだこんなにも小さいのだ。赤ちゃんに毛が生えたような子どもの面倒なんて、見られるわけがない。

「いやいや、無理っすよ。俺、バイトって、てっきり先輩の会社の手伝いかと思ったからやるって言っただけで」

昨日の晩、中武《なかたけ》先輩からバイトしないかと電話があった。俺より三歳上の先輩は、今俺が通っている高校を一年で中退し、その後しばらくふらふらしていたものの今は建築資材を扱う会社で働いている。

「そんな難しい仕事じゃないし、バイト代はずむぜ。どうせクラブもやってないんだし、お前暇だろ」電話口でそう言われて、夏休みが始まる前のテスト明けの休日さえ持て余していた俺はすんなり了解した。先輩の仕事場の前は何度か通ったことがある。小さな事務所と倉庫があり、よく鉄板や支柱などの資材が運び込まれている。きっと、荷物の積み下ろしや梱包《こんぽう》作業の手伝いをするのだろう。それなら、俺でもできると思ったのだ。

「簡単、簡単。朝九時過ぎから夕方まで一緒に遊んでくれたらいいだけだからさ。な、鈴香」

「遊ぶって、何して……」

車に飽きた子どもは、次はおもちゃのフライパンをひたすら揺すっている。とてもじゃないけど、一緒に楽しめそうにはない。

「鈴香は勝手に遊んでるから、お前は隣にいてくれたらいいだけ。寝転がってテレビ見ながらでいいしさ」

先輩はのん気に笑っているけど、そんな簡単なわけがない。ばかな俺にも子どもの面倒を見る責任の重さは、十分わかる。

「ごめんなさいね。無茶なお願いだってわかってるんだけど、急きょ切迫早産で入院になってしまって。昨日の健診で診断されて、今日一日、猶予《ゆうよ》はもらえたものの明日の朝には入院で……。あまりに急で、保育園や託児所を探す間もないし、私たち駆け落ち同然で結婚したから親には頼めなくて……」

先輩の奥さんが大きくなったお腹《なか》をさすりながら言った。奥さんとは初対面だ。先輩とはまったく違うまじめな人と結婚したといううわさを聞いていたけどそのとおりのようで、黒い髪を一つにまとめて、化粧っけのないつやつやした顔は、健康的で清潔感が漂っている。妊娠しているせいなのか、母親だからなのか、ゆったりとした話し口調と動作は、入院だと言っても焦《あせ》ったふうでもなく、こっちまでついつい安心してしまう空気を持っている。

「ベビーシッターや託児所で子どもを虐待《ぎゃくたい》してる事件とかたまに聞くじゃん？　ああいうのマジびびるわ。かわいい娘を、知らねえやろうに任せるなんて怖すぎだろ？　くそな俺の親になんて触らせたくもねえし。嫁さんの親には完全に切られてて……。だったらどうするって考えたら、お前がヒットして大急ぎで頼んだわけ。俺が仕事の間だけだからさ。俺の仕事場、すぐそこだろ？　なんかあったら速攻で駆けつけるし。な？　いい考えだろ？」

先輩は名案を話すかのように自信満々に言った。社会人になってまともになった先輩だけど、風貌《ふうぼう》や言葉のはしばしには昔やんちゃしてたころの名残がある。そんな先輩はまだしも、しっかりしていそうな奥さんは、俺なんかに子どもを託すのが心配じゃないのだろうか。俺より、おんぼろ託児所や見ず知らずのベビーシッターのほうがよっぽどましだし、奥さんの友達に適当な人物がいそうなものだ。

「どうせ預けるなら女の人のほうがよくないっすか？　俺、子どもなんて接したこともないし、何もわかんないっすよ」

「大丈夫。俺だって、子どものことなんて何にも知らねえどころか、大嫌いだったのに、鈴香が生まれて三日でこいつが何より大事になったんだから。で、もうすぐ二児のパパだぜ」

先輩はうれしそうに言ってるけど、全然立場が違う。俺が金色に染めた髪をかきむしると、

「本当にとんでもないお願いなのはわかってるんだけど、今日できるだけのことは説明しますし、準備もなるべくしていきます。だから、出産まで一ヶ月ほどの間、なんとか頼めませんか」

と奥さんが申し訳なさそうに深々と頭を下げた。先輩で見慣れているとはいえ、金色の髪に耳に二つも穴があいただらしない姿の俺に子どもを頼むなんて、奥さんもどうかしている。

「本当は入院なんてさせたくねえんだけどさ、危ない状態みたいで、急いで入院してずっと点滴してなきゃいけねえんだって。俺が仕事休むべきかもしんねえけど、なにせ急だし、小さな会社だからどうもできなくてさ。クビになったら、俺たち食っていけねえし。できるだけ早く帰ってくるし、仕事、休めるときは休もうと思ってるし、マジ頼むわ」

先輩は改まって正座すると、両手を合わせて大きく頭を下げた。その横で、子ども

は遊んでいた手を止め、俺の顔を見上げた。親二人が何やら真剣に頼んでいるのを、子どもながらに疑問に感じるのか、俺をまじまじと眺めている。先輩に似た大きな目は、黒目と白目がくっきりと分かれていて、まだ使い込んでいないからか、瞳《ひとみ》は驚くほど澄んでいる。そんな目で見られると、相手はまだ小さなガキなのに、見透かされている気がしてしまう。

なんなんだよ。お前だって思ってんだろ？　俺みたいなのに、面倒見られたら困るって。そう目を見つめ返すと、子どもはぷいっと顔をそむけた。

「先輩たちがたいへんなのはわかるんすけど。だけど、俺に子どもを預けるなんて、危なすぎますよ。俺よりましな知り合い、いくらでもいるでしょう」

「お前以外、頼めるやついないから頼んでんじゃん」

「まさか」

先輩ってそんなに知り合い少なかったっけと首を傾《かし》げる俺に、

「今日初めて会う私が言えた立場じゃないけど、でも、私も大田《おおた》君に頼めたらって、本当にそう思います」

と奥さんがおずおずと口を開いた。

「どうして俺に？　俺っすよ俺？」

子どものことを何も知らないどころか、いい加減で高校もろくに行かず、先のことはもちろん、今日やりたいことすらわからずに、派手な格好をしていきがってふらふらしている。それが俺だ。子どもを安心して預けられる要素など何一つない。俺は顔をしかめるしかなかった。

「昨日、入院が決まって、鈴香のことどうしようかと二人で話し合ったんです。そしたら、夫が大田君にお願いしようって何の迷いもなく言い出して。こんなこと任せられるの、大田君だけだって。普段は、無茶なことばかりしてる人だけど、こういう一大事のときの判断って当たるんです。それに、大田君の話は前からよく聞いていていい人だと思ってたし、今日実際にお会いして、勝手だけど私も大田君なら大丈夫だって、お願いしたいって思いました」

奥さんはそう言って、「よろしくお願いします」とまた丁寧に頭を下げた。

俺をいい人間だと思えるなんて、先輩はどんな話をでっちあげたのだろう。俺を目の前にして大丈夫だと思えるなんて、この人はどれだけ人を見る目がないんだろう。だましているかのようで、気の毒にすらなってくる。

「俺、お前ほど義理堅いやつほかに知らねえからさ。マジ頼むって」

先輩も真剣な顔をして奥さんの横で、同じく頭を下げた。

「でも、俺子どもなんて……」

「うちの子、夫の会社にもしょっちゅう連れて行っていろんな人に遊んでもらってるから、人見知りはしないんです。きっとすぐに大田君にもなつくと思います。ね、鈴香」

奥さんは子どもを俺のほうへ少し近づけた。妙な色の髪に、左耳にはピアス。眉毛《まゆげ》も剃《そ》ってるし、目つきもよくない。人見知りをしないはずの子どもも、そんな俺の姿にぐずぐず言い始めている。

「いやいやいや。無理っす」

俺は首を横に振った。

「すげえ頼みなのわかってる。マジで俺、勝手だよな。でも、俺たちどうしようもねえんだ。俺の親はお前も知ってのとおり、どうしようもねえ人間だし、俺がチャラチャラ生きてきたせいで、連絡取れる身内もいない。情けねえけど、こんなときに我が子を頼める人間すらいねえんだ」

先輩は必死な顔で頭を下げている。

「入院しないで済む方法がないかと病院で先生にもお願いしてみたんですけど、どうしようもなくて……」

奥さんも何度も頭を下げ、よろしくお願いしますと口にする。

とんでもなさすぎる頼みだ。引き受けたら、絶対に後悔する。俺だけでなく、先輩も奥さんも、この子どももだ。だけど、明日入院するという人の頼みを断れるだろうか。ずっとかわいがってくれている先輩が頭を下げているのを無視できるだろうか。

中学校のときの教師が、「失敗が大事ってよく言うけど、判断を間違っちゃいけないときもある」と言っていたのを思い出した。今すべき正しい判断が何なのかはわからない。でも、ここで俺が出せる答えは一つしかない。

「えっと……とりあえず、どうすればいいんすか？」

俺はそう聞いていた。

2

「おお、来た。本当に来てくれたんだな。大田、マジありがとう」

翌日、アパートに行くと、ドアを開けるやいなや先輩は俺の手をしっかりと握りしめた。

「いや、まあ」

「本当、頼むな。嫁さん病院に送って行って、俺はそのまま仕事行くわ。今日はできるだけ早く、昼までには帰れるようにすっから」

時計は九時を回っている。昼までの三時間程度。それならなんとかなる。来てしまったものの、すでに泣き始めている子どもの顔を見たとたん不安になった俺は、そう自分に言い聞かせながら「了解っす」とうなずいた。

鈴香がぐずぐず泣いている横で、先輩が荷物を車に運び始めた。奥さんは時々鈴香をあやしながらも、家の中を片づけている。母親が不在になる前の空間というのは、こんなに慌《あわ》ただしい空気になるのだ。俺は何を手伝うべきかわからず、おろおろするだけだった。

「本当、ありがとうございます。よろしくお願いします」

ひととおり片づけを済ませた奥さんは、改めてしっかりと頭を下げた。

「いえ」

「それで、何度もうっとうしいかもしれないけど……」

奥さんはそう断ってから、鈴香について説明をした。一日の過ごし方、おむつの替え方、用意してあるベビーフード。好きなおもちゃに、必要なものがしまってある場所に、近所の小児科医について。昨日の午後、教えてもらったことばかりだ。

「ノートにも書いてあるから、また見てみてください。病院からも電話入れます」

「わかりました」

「鈴香、おにいちゃんの言うこと聞いてね。鈴香、おりこうにしててね。がんばってね。鈴香、元気元気してね」

奥さんは何度も何度も鈴香を抱きしめては繰り返した。鈴香は、ただならぬことが始まるということだけはよくわかっているようで、「やいやいやい」と言いながら泣き叫んでいる。

「そろそろ行かないとやばいぜ」

先輩に声をかけられ、奥さんは、「大丈夫だよ。鈴香、そんなに泣かないで。おにいちゃんと、楽しい楽しいしてね」とさらに強く鈴香を抱きしめた。鈴香のほうはまた一段と泣き声を強め、首を激しく振って奥さんにしがみついている。涙だけでなく鼻水もよだれも大量に流れている。小さな体でこんなにも力強くなりふりかまわず激しく泣くのだ。その姿を見ると、ひるみそうになる。

「もう、間に合わねえから。行こう。大田、マジわりい。頼むな」

先輩が玄関に向かうと、奥さんはそっと鈴香の体を離して、

「しばらくは泣き叫んでいるだろうけど、あきらめるから。心配しないでね。本当、

よろしくお願いします」

と、俺に言った。

ここまで来たら、腹をくくる以外ない。

「大丈夫です」

何の自信もないのに、俺はそう言って二人の背中を見送った。

これが最大限だと思っていたのに、玄関のドアが閉まると、鈴香は泣き声をひときわ大きくし、身をよじって、ごろごろ転がりながら泣き叫びだした。頭もごんごん床にぶつけている。

「おい、大丈夫かよ」

「なあ、鈴香」

声をかけても、泣き声にかき消されてしまう。

「なあ、おい、ちょっと落ち着けって。頭痛いだろう？」

抱き起こそうとそっと鈴香の腕に触れた俺は、その熱さに驚いた。泣いて暴れているせいもあるだろうけど、俺の体温よりずっと高い。奥さんから「これくらいの子どもは大人より一度ほど体温が高いものだから、三十七度前半くらいなら心配ない」と聞いてはいたけど、一度の違いは体感でわかるほどに大きいのだ。

「なあ、ほら」

とにかく鈴香を座らせてやろうと手を出してみるけれど、鈴香の腕はやわらかすぎてどの程度力を入れて持てばいいのかわからない。俺のごつごつした手でつかんだら痛いだろうかと躊躇《ちゅうちょ》しているうちに、鈴香に思いっきり手を払いのけられた。小さくやわらかな腕は、見た目に反して力強い。

「しかたねえからあきらめろって。泣いてても疲れるだけだしさ」

今手を出すと、よけいに鈴香を暴れさせてしまうようだ。俺は、手を引っ込めて、静かに声をかけてみた。

「ほら、えっとお茶でも飲むか？ 喉《のど》渇くだろう？」

「そんなに体ぶつけたら痛いだろ？ とりあえずいったん座ろうぜ」

どう言ってみても通じるわけもなく、鈴香は泣き叫んで床の上を転がるだけだ。涙や鼻水は床にまで垂れているし、暴れているから、汗で髪もぐちゃぐちゃだ。クーラーがきいているのに、部屋の中はじっとりと暑い。

どうしたらいいんだ。奥さんに受けた説明を頭に巡らせてみる。そうだ。シールだ。鈴香はシールが好きで、ぐずりだしてもシールを渡すと機嫌よく遊びだしたりする。

と奥さんは言っていた。

　俺は引き出しからシールを出して、ウサギの絵のをはがすと、寝転がっている鈴香の手の甲に貼《は》りつけてやった。シールを貼った俺の指先に、ぷにっとした感触が返ってくる。小さな体なのに、細部までふっくらと弾力があるのだ。指先に残る感覚に感心していると、シールをちらりと見た鈴香は、本当に一瞬静まっただけで、また、同じ状態で泣き始めた。

「なんだ、泣きやまねえのかよ。ほら、ネコとイヌのシールもあるぜ」

　いろんなシールを目の前で見せても、泣くことに必死で鈴香は見向きもしない。シールは何の効果もないようだ。

「一時間でも泣いてるだろうけど、心配しなくて大丈夫。泣いてるのに付き合ってたら、大田君もたないから。泣くのが子どもの仕事だと思ってね」

　奥さんはそう言っていたけど、目の前でここまで号泣されて、放っておくのは難しい。もう三十分は経《た》つのに、鈴香の泣く勢いは全く衰えない。このままではどこか体に異常をきたしてしまいそうだ。だけど、俺が抱こうとすれば、よけいに火が付いたように泣き叫ぶし、鼻水を拭《ふ》こうとしただけで足をバタバタさせて激しく拒否する。

　せめて少しでも鈴香の気を紛らわせようと、お気に入りだと渡されていたＤＶＤを流してみた。でかいぬぼっとしたイヌの着ぐるみが踊っている映像が流れだしてテレビのほうをちらりと見たものの、シールのときと同じく鈴香の気がそれたのはほんの少しだけだった。

「おい、そろそろ泣きやめよ。頼むって」

「わかったからさ」

「鈴香、大丈夫かよ」

泣き過ぎで、鈴香の顔や手足は真っ赤だし、色白のおでこには血管まで浮かんでいる。こんなに激しく泣いていて弱っちまわないだろうか。いったいどうしたらいいんだ。病院に行くのは違うだろうし、下の階の吉田さんは同じ年くらいの子どもさんがいて、いろいろ手伝ってくれるはずとは聞いてるけど、初日から助けを求めるのは早いだろう。そもそも、こんな出《い》で立ちの俺が行ったら、泣く子を増やすだけだ。先輩に電話しようにも、まだ病院だったら悪い。

そうだ。お菓子だ。もう一度奥さんの話を頭に浮かべて、思い出した。外出先とかで泣きやまなくて困ったとき、いつも食べさせる、いざってとき用のお菓子があると奥さんが言っていた。俺も昔食べたことがあるビスコ。それが鈴香の大好物らしく

「どんなに騒いでいてもビスコを食べるとおとなしくなるの。でも、あんまり食べさ

せると、ここぞってときに効果がなくなるから気をつけてね」と。今こそ緊急事態だ。俺は台所のかごからビスコを持ってくると、一つ鈴香の前に差し出してみた。けれど、鈴香は泣き叫んでいるから気づきさえしない。

「おい、ビスコだぞ。お前、好きなんだろう?」

口のそばに持っていっても、「やいやいやい」と首を振っている。

「頼むから、これでも食って機嫌直せよ」

食べさせてやればいいのだろうかと、俺はビスコを鈴香の口の中に少し差し込んでみた。そのとたんだ。驚いたのか、鈴香はギャーと手も足も激しく動かし、これでもかというほどけたたましく泣き叫びだした。お腹をよじらせ、体をがんがんと床に打ち付けている。

「なんなんだよ。ビスコだぜ。お前、これ食えばおとなしくなるんじゃねえのかよ」

あまりの強烈な泣き声に、俺はビスコを手にしたままそっと離れるしかなかった。

お気に入りのおもちゃもお菓子もだめ。俺が何かすればさらに強く泣く。結局、俺は火に油を注いでいるだけなのだ。小学校で教師に「お前は人を怒らせる天才だ」と言われたことを思い出した。どうやらその才能は今でもしっかり残っているらしい。

鈴香はまだ力を緩めず、小さな体を震わせ必死に泣いている。そんな泣き声を聞いていると、どんどん気がめいる。まったくどうしろっていうんだ。打つ手なんて一つもねえじゃねえか。

俺は部屋の隅に座り込んだ。

子どもを預かるんだ。たいへんなことになるのは想像していたはずだ。簡単にいくわけないし、俺なんかができるわけがない。そうわかっていた。

けれど、どこかでなんとかなると踏んでいた。だいたいのことは、なんとかできるようになっているんだと思い込んでいた。でも、実際はそうはいかない。そんな甘いわけがない。がらにもないことをやると、必ず失敗するんだ。どうしてそれを忘れていたのだろう。あのときだって同じだったはずだ。中学三年生の夏、無理やり誘われて参加した駅伝。その日々が、今の俺をこんなにもくすぶらせている。

小学校時代から授業をまともに受けず、タバコを吸い、髪を染め、教師に反抗してばかりいた俺は、中学校に入るころにはどうしようもないやつになっていた。でも、俺は走りだけは速かった。体育の授業もふけ、部活にも参加していなかったのに、校内でも上位に入る走力を持っていた。その力を見込んでか、人数が足りずどうしようもなかったのか、中学三年生のとき、俺は駅伝メンバーに引っ張られた。いやいやながらも、いや、嫌がっているふりをしながらも、参加した駅伝は楽しかった。単純に走ることが好きだし、何一つまともにやってなかった俺にとって、唯一《ゆいいつ》、駅伝練習だけが夢中になれるものだった。

俺はブロック大会では区間二位の走りで活躍し、県大会にも出場した。何かを真剣にやるって、誰かと一緒にやるって、おもしろい。認めたくはないけど、それを思い知った。しんどいし、楽なことはない。だけど、体の隅々まで血が通っている。それを感じるのは最高だった。

駅伝大会が終わった後も、このままでいたい。このままの俺でいるべきだ。そう思った。今の俺なら、なんとかできる。駅伝で妙な自信をつけた俺は、残り少ない中学生活、必死になって勉強した。今までを取り戻そうと誰よりも努力した。でも、受験には失敗し、何とか入れた高校は希望とはまったく違うところだった。

入学したのは白羽ヶ丘《しらはねがおか》高校。名前だけは立派だけど、不良を引き受けるだけの何の魅力もない高校。半数が卒業までにやめていくという話は中学校でも有名だった。それでも、駅伝で走り、ついでに勉強に精を出した俺は、まだどこか高揚していたのだろう。制服を着て朝から登校し、陸上部に入部までした。

けれど、かつての俺みたいなやつらが、好き勝手暴れている教室でまともな授業なんて行われるわけがなかった。空席ばかりの中、何かの間違いで入学してしまったようなまじめそうなやつらが五、六人、片隅で勉強しているだけで、あとはタバコを吸い、ゲームをし、気ままにしゃべっていた。クラブはもっと悲惨で、陸上部と言ったって、五人いるらしい部員はそろうこともなかった。

中学校とは違い、高校に入るときには俺たちはふるいにかけられる。そして、高校の中でも、クラス分けでさらに分別。こんな高校にも特別進学コースなんてものがあって、そこでは、俺たちのクラスとは違う授業が行われている。

俺がいるクラスは、昔の俺と似たようなやつでできていた。勉強なんてする気もなく、その日を遊んで過ごすだけのやつ。腹が立てばキレて暴れて、気に入らなければすねて帰る。そして、ここではそれらはたいしてとがめられもしない。

そんなところで何をやれというのだ。どんなに心を強く持ったって、何もできやしない。俺は入学三ヶ月で高校生活に見切りをつけ、クラブを辞め、私服で昼前に登校し始めた。何一つ楽しいことはなかった。ここに来てしまった時点で、俺は終わりなのだ。

同じようなやつらがたくさんいるんだから、住みやすい環境だ。自分の欲望どおり、自由にやればいい。何の苦労もないし、最高じゃないか。何度そう言い聞かせても、いつもどこかにむなしさが付きまとった。それは、夢中で走った日々のせいだ。

必死にならざるをえない衝動。誰かのために駆り立てられる気持ち。自分の全身全霊を動かしている快感。一つ一つ目の前にあるものを誰かと共に越えていくことで満たされていく時間。それを知ってしまった今、昔の俺には戻れなかった。それはすごく苦しいことだ。

そういう気持ちを知ってるのは、悩めるのは、幸せなことだ。なんていうのは、ちょうどいいぐらいの挫折《ざせつ》しか味わったことのないやつらの言葉だ。何も考えずにばかをやっていられるほうが、どれだけ幸せだろう。あの夏走らなかったら、俺はこの高校で楽しんでいたはずだ。昔の俺には戻りきれず、まともにもなりきれず、完全に放棄することもできないまま、出口もその先も見えない日々。どうすればいいのか途方に暮れるだけの高校生活を、俺はもう一年半も送っている。

「やっぱりな」という声に顔をあげると、先輩が立っていた。

「あれ？」

「きっと、二人とも寝てるんじゃねえかって思ってたんだ」

先輩はそう笑って、床の上でぐっすり眠っている鈴香を、部屋の隅に敷いた布団《ふとん》に運んでバスタオルをかけた。

「鈴香は泣き疲れて、お前は振り回されて疲れて、きっと二人とも熟睡してるだろうなって嫁さんと話してたんだけど、当たったな」

「いつの間に、寝てたんだろう」

俺は顔をごしごしとこすった。あんなに泣いていた鈴香は、うそのように眠っている。大音量の泣き声を聞きながら、俺もうとうとしてしまったようだ。

「疲れただろう？　泣き声って聞いてるだけで、神経やられるからな」

「俺は見てただけで何もしてないっすけど……。あ、鈴香に昼ご飯用意しないと」

時計を見ると、十一時三十分を過ぎている。慌てて台所へ向かおうとすると、先輩は、

「せっかく寝てくれたんだから、寝かせておこうぜ。やっと平和が訪れたんだから」

と肩をすくめた。

「でも、ご飯は？」

「大丈夫、大丈夫。俺も最初はきちんとしねえとやばいって思ってたんだけどさ、これがちょっとぐらい飯の時間ずれたって平気なんだって。たまに夕飯食う前に寝て、そのまま朝ってのもあるくらいだぜ」

「そうなんすか」

部屋の片隅で鈴香は何事もなかったかのように眠っている。子どもって案外丈夫にできているようだ。

「それより、お前は腹減っただろう。食おうぜ。俺も朝食ってねえから腹ペコだしさ」

先輩はコンビニで買ってきた食べ物を食卓の上に並べた。先輩なりに気を遣ってくれているのだろう。パンにおにぎりに弁当にサラダ。いろんな種類がそろえられている。

「奥さんはどうでした?」

俺は鮭《さけ》のおにぎりの包みを開きながら聞いた。

「なんか子宮が破裂しそうで危ないからって、陣痛を止める点滴ぶら下げてた。これが二十四時間つけっぱなしなんだって。絶対安静で動けねえのがつらいって言ってたわ」

「たいへんっすね」

「マジ、子ども産むのって苦労だな。俺、絶対安静なんて三十分ももたねえもん。でも、女ってすげえよなあ。突然の入院とかでも、まあしかたないねってすんなり受け入れられるんだもんな」

先輩はパンの包みを触りながら言った。

鈴香のことも気になるだろうし。俺なんかが見てると思ったら、奥さん、居ても立ってても居られないだろうな」

俺は、朝、何度も鈴香を抱きしめていた奥さんの姿を思い出した。

「それがさ、病院までの車の中ではどうしようって涙ぐんでばかりいたけど、いざ病院に着くと腹が据わったみたいでさ、頼んだからには任せないと大田君にも失礼だし、頼んだ意味がない、って、どんとかまえてたぜ。母は強しっていうけど、本当だな。それより、お前は大丈夫だった？」

「まあ、俺は大丈夫なんすけど、全然泣きやまなくて」

俺はおにぎりをぼそぼそと口にしながら、鈴香のほうに目をやった。きれいに閉じられた瞳に寝息でかすかに揺れる肩。ついさっきまでは、こんなふうに静かに眠る姿など想像もできないほど、泣き叫んでいたのだ。

「この年の子どもなんて泣いてなんぼだからな。俺が最初に鈴香と二人で留守番したときも三時間泣き続けてたぜ」

「三時間？」

「そう。すごいだろう。で、最後に疲れ果てて寝るっていうのが鈴香得意のパターン。まあ、懲《こ》りずに頼むぜ。仕事って意外と休めなくてさ。俺的には、超一大事の緊急事態なんだけど、世間的には休むほどのことじゃねえんだよなあ、これが。高校なんて休み放題だったのによ」

先輩はパンの包みから手を離すと、お茶を一口だけ飲んだ。まだ何も食べ物を口にしてはいない。陽気な口ぶりで話してはいるけれど、きっといろいろ不安なのだ。

「先輩が勝手に学校行かなかっただけじゃないっすか」

俺が言うと、

「そうだったっけ。ま、お前がまだ続いているほうが奇跡だけどな」

と先輩は笑い、

「一年しか高校生活持たなかった俺が言うのも、あれだけど、一ヶ月だしさ。頼むな」

とまた俺に頭を下げた。

3

　翌日。少しは慣れてくれているだろうかとかすかな期待をしてみたが、そんなうまくいくわけもなかった。鈴香は昨日のことが何もなかったかのように、また俺を見ると初めて会うような顔で「やいやいやい」と泣きだし、先輩が「じゃ、頼むな」と家を出ると、さらに声を張り上げた。

「おい、昨日も会っただろう？」

「鈴香、そろそろ状況わかれよな」

　どんな言葉をかけても焼け石に水で、鈴香は寝転びながらひたすら泣き叫んでいる。

「シールでも貼って遊ぼうぜ」

　泣きやませようとしても、俺ではどうしようもない。とりあえず、泣き疲れて眠るまで鈴香の好きなことを繰り返すしかない。昨日一日でそれがわかった。

「ほら、ゾウにリボンにハート。いろんなシールがあるぜ」

　俺がシールを手に近づくと、寝転んでいた鈴香はすっくと立ち上がり、玄関のほうへと泣きながら走っていった。

「なんだよ。どうしたんだよ」

　俺が追いかけていくと、鈴香はドアに向かって「ぶんぶー」と叫びだした。

「外に行きたいのか？」

「パパに早く帰ってきてほしいんだな？」

何を聞いても素知らぬ顔で、鈴香はドアにぴたりとくっついたまま「ぶんぶー」とわめいている。

「ぶんぶーってなんだよ」

「ぶんぶって、おんぶかよ？　してやろうか？　ほら」

俺が近くで背中を見せてしゃがんでも、鈴香はちらりとも見やしない。

「ぶーってことは、そっか、お茶か？　喉渇いたのか？」

「違うんだな。そしたら、ああ、ビスコだな。持ってきてやるからな」

どちらもはずれのようで、鈴香はお茶を見せてもビスコを見せても「ぶんぶー」と連呼するだけだ。

「まったく意味わかんねえな。ぶんぶってなんなんだよ。……あ、そうだ！　ノートだ、ノート」

奥さんが渡してくれたノートには、鈴香の言葉が何を指すのかまとめたページもあったはずだ。

「えっと、待てよ」

俺は次々とページをめくった。Ｂ５のノートは、まるまる一冊、鈴香についてぎっしり書かれている。病気かどうかの見分け方、誤飲したときの対処法。いつも行く公園の地図、鈴香の好きな歌の歌詞に振り付けの絵。丁寧できれいな文字だけど、読破するのに半年はかかりそうだ。

「あったあった、鈴香、これでわかるぞ」

最後のほうのページに、鈴香の言葉変換表を見つけた。

ニャンニャンはネコ、ワンワンはイヌ、ぴっぴはトリ。案外そのままなんだな。これなら俺もわかると思いきや、ワニはハッハとなっている。なんだよ、ワニってそんな鳴き方するのかよ。ジージンは人参で、リンゴはゴで、バナナはバ。ずいぶん省略するものだ。まーすはいただきますで、ごにょにょったはごちそうさまでした。なるほどな。で、肝心のぶんぶーはどこだ。これだけ鈴香が口にしてるのにどうして書いてないんだと思ったら、最後の行にやっと見つけた。

「鈴香あったぞ。えっと、ぶんぶーは……あ?」

「ぶんぶー」はその他いろいろ。お腹すいたときや眠たいとき、何かしてほしいときや、やめてほしいときなどに言います。と書かれている。

「なんだよこれ。そんな便利な言葉があるわけねえだろ」

ぶんぶーで、すべてを表現しようなんてどんだけ乱暴なんだ。俺が困ってる横で、鈴香は変わらず「ぶんぶー」と泣いている。意味はわからないけれど、何かしてほしくて何かやめてほしいのだ。

「わかった、わかったからさ。とりあえず、部屋に戻ろうぜ」

玄関はクーラーがきかないし、狭いし、居心地が悪すぎる。それに、ここで泣いていたら、近所の人に丸聞こえだ。

「な、ほら、昨日のDVD、見ようぜ。あの、もっさりしたイヌのやつ。あれ、おもしろいよな」

俺はそう言いながら、リビングに行くとテレビをつけた。けれど、鈴香は変わらず玄関から動かない。

「そうだな、何もかもいやなんだよな。ほら、始まった！　またイヌが踊ってる」

「ぶんぶーー！」

「ぶんぶはわかったからこっち来いよ。一緒に見ようぜ」

「ぶんぶー。ぶんぶー」

ドアを開けようとしているのか、鈴香は泣きながらノブに手を伸ばしている。だけど、まだ七、八十センチ程度の身長しかないから、体をピンと立たせたって、ノブには届かない。俺の手のひらで包めそうな小さな頭を揺らし、俺の片腕で持ち上げられそうな小さな体を伸ばして、無謀なことを繰り返している。そんな後ろ姿を見ていると、なんだかこっちが悲しくなってくる。母親がいなくなって、金髪のヤンキーに面倒を見られるんだ。そりゃ、わけのわからない言葉を叫びたくもなる。まだ二歳にもなっていない子どもに、そんな事態をわかれというほうが酷だ。

「三日したら慣れるから」

昨日、帰る間際《まぎわ》に電話がかかってきて、奥さんは俺にそう言った。病室のベッドでこっそりかけてるからすぐに切らなきゃと言いながらも、奥さんは鈴香の様子をこまごまと聞いてきた。俺が尋常じゃない泣き方を話すと、「やっぱりそうだよね」と苦笑しながらも、「でも、三日したら今までのが何だったんだってくらい、鈴香も慣れるから。だから、あと少しだけ我慢してください」と力強く言っていた。奥さんの話では子どもはだいたいなんだって三日で順応するらしい。授乳をやめたときも、先輩との留守番も、三日目で平気になった。そう言っていた。けれど、今回ばかりは何ヶ月もかかりそうだ。

奥さんと話していると、本当に俺が引き受けてよかったのだろうか、そう口をついて出そうになった。俺では鈴香がかわいそうだと。それを察したのか、奥さんは「私はもうこのベッドから動けないし、大田君に任せるしかないから。本当にお願いします」と電話口からでも頭を下げてるのがわかる丁寧な口調で言った。奥さんの声はふんわりと柔らかいのに、切実な思いがまっすぐ届いてくる。俺や先輩とは違う、きちんと生きてきた人のきちんと考えた言葉。そんな重みがあった。

そうだ。もう始まってしまったのだ。奥さんの入院生活も俺のバイトも。あの夏の駅伝と一緒。タスキを受け取ったら、うまくいこうがいくまいが、倒れようとも前に進むしか選択肢はない。

俺は大きく深呼吸をしてみた。何をしようとしたって鈴香は泣くんだ。ここはどんと構えて様子を見ながらできることをするしかない。

「おい、ぶんぶー。イヌが折り紙で何か作り始めたぜ。あ、花作ってる！　ほら、鈴香。すげえ。こりゃ楽しそうだ」

俺はテレビの前に座って何度も「おお、おもしれえ」と大げさに言ってみた。だけど、鈴香は聞く耳も持たず、頑固にドアに向かって「ぶんぶー」と叫んでいる。それでも俺は、何度でも声をかけた。

「おお、きれいな花じゃん。ぶんぶー、お、次はヒヨコみたいなのが出てきたぞ。かわいいヒヨコだ」

「ぶんぶーってヒヨコが踊ってるぜ。おい、鈴香、ぴっぴだ、ぴっぴ」

鈴香があまりに何度も言うのがうつったのか、思わず俺も「ぶんぶー」と口をついて出た。二歳前の子どもが連呼するぐらいだから、言いやすくて、愉快な響きの言葉だ。

「おい、ぶんぶー。ぴっぴぴーって歌ってる。ぶんぶー、見てみろよ、おもしろいぜ」

「次はなんだ、子どもが出てきた。お前みたいなぶんぶーだ」

なんだか調子づいてきて、俺はぶんぶと掛け声のように口にした。

「ぶんぶー、おい、こっち来いって。そっちでぶんぶー言ってるより、こっちでぶんぶテレビ見たほうが楽しいぜ」

「鈴香、ぶんぶー、ほら、玄関はぶんぶ暑いだろ？」

「ぶんぶ」という言葉が気になるのか、「ぶんぶ」には子どもだけにわかる特別な意味でもあるのか、だんだん鈴香はこっちをちらりとうかがいはじめた。

「お、ぶんぶ、おもしろいぜー。次はぶんぶ、ライオンが出てきた」

「ぶんぶ、いろんな動物がぶんぶーって、行進してる。ほら」

鈴香は少し泣く勢いを弱めて、俺のほうをのぞいている。

「次はネコさんだ、ニャンニャンだ、ぶんぶーかわいいなあ」

「お、なんだこれは、そうだ、ぶんぶー。コアラだ。動物ぶんぶー勢ぞろいだな」

あと少しだ。俺はせっせとぶんぶと言いながら、鈴香に声をかけた。鈴香はドアを見るのはやめ、体をすっかりこっちに向けている。今がチャンスだ。

「おい、ぶんぶ！　食おうぜ。ぶんぶ」

俺はビスコを開けて鈴香に見せた。あれだけ背伸びして泣き叫んでいたらきっとお腹もすいているはずだ。

鈴香はビスコを見ると、「ぶんぶー！」と言いながら、ちょこまかと俺の前まで走ってきて、手のひらを広げた。

「おお、食うか。ほら」

俺が手のひらにビスコを載せてやると、鈴香はさっと口の中に押し込んだ。

「なんなんだ、その早業。お前はサルかよ。ありがとうとかいただきますとか言えよな」

何はともあれビスコはようやく効果を発揮してくれたようだ。少しでも泣きやんでくれたのなら十分だ。結局鈴香は、「ぶんぶ」と言いながら、ビスコを三個も食べた。

「やれやれ、ぶんぶだ」

機嫌がすっかり直るとまではいかないものの、ビスコを食べ終えた鈴香はぐずぐず泣きながらも寝転がったり座ったりしつつ、DVDを見始めた。

画面では、イヌが「むすんでひらいて」を歌っている。この歌は俺も知っている。子どもは今も同じような歌を聞いてるんだな。と鈴香のほうを見ると、かすかに手を動かしている。泣きながらも踊っているらしい。

「この歌、好きなのか?」

早戻ししてもう一度「むすんでひらいて」を流してやると、鈴香はさっきよりもはっきりと手を握ったり開いたり叩《たた》いたりした。小さな指を音に合わせようと動かしている様子は思わず見入ってしまう。歌が終わると、鈴香は「むすんで」に合わせて手を握ったまま、俺の顔をじっと見た。

「わかった、わかった。ぶんぶーだな」

俺は何度も、「むすんでひらいて」を流してやった。

二十回近く「むすんでひらいて」を聞いただろうか。さすがに鈴香も飽き始め、これ以上聞いたら俺も頭がおかしくなりそうだとうんざりしながら時計を見ると、もう十一時三十分を過ぎていた。鈴香の昼ご飯の時間だ。俺は鈴香をテレビの前に残して、そっと台所へ向かった。

泣いてひっくり返って、わけのわからない言葉を叫んで、DVDを見て、昼ご飯。子どもなんてそういうものかもしれないけど、泣いて遊んで食べて一日を過ごすなんて、えらく気楽なものだ。

台所には、鈴香用のレトルトの幼児食が置かれている。二十個以上のカラフルなパッケージのレトルトパック。こう並べられると、まだまだ先は長いと思い知らされる。

「生魚や刺激物じゃない限り、普通に食べられるから、本当は作って準備しておけばいいんだけど、料理得意じゃなくて……。これなら簡単だし、私が作るより栄養ありそうで」

奥さんはそう肩をすくめていた。カレー、中華丼《ちゅうかどん》、肉じゃが。子ども用のインスタント食品もいろんな種類があるものだ。鈴香が好きなのだろう、俺は一番たくさん用意されている炊《た》き込みご飯を選んで、皿に移しレンジで温めた。三十秒で出来上がり。本当に簡単だ。

俺用にも、冷凍食品やインスタントのラーメンが山盛り用意されている。腹は減っているけど、鈴香にご飯を食べさせるのは、きっと至難の業だ。まずは鈴香をかたづけるのが先だな。

俺は、鈴香用のスプーンとお茶を用意して、炊き込みご飯を食卓に並べると、テレビの前に寝転がっていた鈴香を抱えて、キティちゃんの絵が描かれたビニール張りの低い椅子《いす》に座らせた。十キロあるらしい鈴香だけど、柔らかい体のせいか重さはそれほど感じない。脇《わき》の下に手を入れて持ち上げると、いつもそうやって座らされているのか、ぐずぐず言いながらも鈴香は暴れることなくすんなりと椅子に収まった。子どもってこんな簡単に持ち運べてしまうんだ。俺は妙なことに感心しながら、鈴香の横に腰を下ろした。

「よし、昼にしよう。ほら、炊き込みご飯だぜ」

俺は鈴香の代わりに「いただきます」を言うと、まだ自分ではうまく食べられないという鈴香のために、スプーンにご飯を載せて、口の前まで運んでやった。だけど、鈴香はぎゅっと口を結んで顔をそむけた。

「あれ？　お腹《なか》すいてないのかよ」

俺はもう一度、口のそばまでスプーンを持っていってみた。それでも、同じ。鈴香はぷいと顔を横に向けるだけだ。温め過ぎて熱いのかと触ってみると、そうでもない。

「炊き込みご飯、嫌いなのかよ。おいしそうじゃねえか」

そうは言ったものの、小さい子どもでも食べやすくするためか、どろっとやわらかくなった炊き込みご飯は、どうしたってうまそうには見えない。人参《にんじん》も鶏肉《とりにく》もくたっとして、素材なんてまるで生かされてやしない。

「まあ、味はわかんねえけど、ちょっとだけでも食えよ」

「ほら鈴香、あーんしてみろ」

何度チャレンジしても、鈴香はまったく口を開けようとはしなかった。先輩は少々ご飯を食べなくても大丈夫だとは言っていたけれど、鈴香は昨日も昼ご飯を食べていない。さすがに連日昼を抜くのはよくないだろう。

「食べなかったら、しんどくなるぜ」

「一口でいいからさ」

「ぶー！」

「ほら、口開けろって」

「ぶ！」

俺がしつこく迫るのに、鈴香は手をバタバタと振って抵抗し、近づけたスプーンを思いっきり払いのけた。その拍子にスプーンは勢いよく転がり、どろっとした炊き込みご飯がべたりと床に飛び散った。

「うわ、なんてことすんだ」

こぼれたご飯を慌てて俺が拭いていると、鈴香は「ぶんぶー」と叫び次は食卓の上の皿を払い落とした。皿はさかさまにひっくり返り、床は炊き込みご飯でべたべただ。

「おい、こら、何すんだよ！」

たまりかねた俺が大きな声を出すと、鈴香はスイッチが入ったように椅子の上でのけぞって泣き始めた。

「ああ、もう。わかった、わかったから泣くなよ。朝十分泣いただろう」

慰めなど聞きもせず、鈴香は体をひねって泣きながら、そのままころりと椅子から転げ落ちた。低い椅子から転がっただけでたいして痛くもないだろうに、床の上で鈴香はおおげさにぎゃーぎゃーと泣き叫んでいる。

「お前、どんだけ勝手なんだ。って、ちょっと、おい、もう汚くすんなって」

鈴香が床の上をあちこち転がるから、炊き込みご飯が体中にくっついて広がり、床はいっそう汚くなっている。

「勘弁してくれよな」

食卓や床や鈴香の体。そこら中にへばりついたどろどろのご飯を拭きながら、「泣きたいのはこっちだ」と俺はつぶやいた。こんな仕事、いくらバイト代をもらったって割に合わない。

鈴香はさんざん泣きながら暴れて俺の邪魔をしていたくせに、片づけが終わるころに都合よくころっと眠り始めた。

「なんだよ寝るのかよ。お前、結局、ちっとも食ってねえじゃねえか。……いや、まあいいか」

昼ご飯を一切食べていないのが気にはなるけれど、ようやく平和が訪れたのだ。このまま寝てもらわない手はない。俺は鈴香を慎重にリビングの隅に敷かれた布団の上に運ぶと、起こしてはなるものかと、静かに息をひそめてただじっと先輩の帰りを待った。

4

バイト三日目は月曜日で、土日に会わずにいたせいか、鈴香は二日目以上に泣き叫んで昼ご飯も食べずに、疲れ果てて寝るだけだった。

ところが、四日目。「三日で慣れる」というのはまるっきり嘘《うそ》ではないようで、鈴香は先輩が家を出た後いつもどおり泣いてはいたものの、二十分ほどで泣きやみ、寝転がっていた体を起こすと、ちょこんとリビングの真ん中に座りなおした。

「おお、本当にこんな状況にも慣れるんだ」

俺が感心するのを怪訝《けげん》そうに眺めると、鈴香は部屋の隅まで歩いていき、箱にいっぱい詰め込まれたおもちゃの中から、人参やらおにぎりやら、プラスチックでできた食材を出してきた。

「泣くのをやめたと思ったら、突然遊びだすんだな」

「お、ままごとすんのか？」

俺のことなど無視して、鈴香はおもちゃの野菜やフライパンを一つずつリビングの真ん中に運んでくる。

「箱ごと持ってくりゃ早いのに。ってか、なんで、ど真ん中で遊ぶんだよ。そのまま隅で遊べば楽じゃねえか」

忙しそうにおもちゃを運ぶ姿は、なんだか笑える。手足をちょこまか動かす鈴香は、やっぱり小さな人形みたいだ。そのくせ、何かチェックでもしてるのかおもちゃを手にしては、深刻な顔でじっと見つめている。今まで泣いてばかりでまともに顔を見る余裕もなかったけど、ゆっくり眺めると子どもっておもしろい。

ひととおり運び出した鈴香は「ゴ」「サーナ」「ピーマ」などと食材の名前をいちいち言ってはおもちゃのフライパンに入れ、「ジュージュー」とつぶやきながらスプーンでかき混ぜだした。

「何ができるんだよ」

「うまそうだな」

と言う俺の声など聞き流して「ジュージュー、トーマ。ジュージュー、イーゴ」とマイペースで遊んでいる。

まだ自分でご飯を食べることも、上手にしゃべることもできないのに、料理のまねごとは板についている。子どもはいったいどんな順番で物事を身につけていくのだろう。生きていく上で必要な順でもなさそうだし、身近にあるものからというのでもなさそうだ。俺が最初にできるようになったことは何だったんだろうか。それは記憶にないけれど、初めにやることを放り投げたものは覚えている。小学三年生の二学期、算数だ。分数の意味が全く理解できず、教科書を見るのをやめ、俺はひたすら窓の外を眺めていた。あのとき、あとほんの少し踏ん張っていたら、今の俺は違ったのだろうか。そんなことを考えていると、鈴香がおもちゃのアイスクリームをフライパンに入れてかき混ぜだした。

「おいおい、アイスなんか炒《いた》めたら溶けるだろ。ってか、もうこれ、できてるんだから作らなくたっていいんだ」

俺がそう言ってアイスクリームをフライパンから取り出すと、鈴香は、

「やいやいやい！」と叫んでまたアイスを入れなおした。

「肉とかキャベツとか炒めろよ。ほら」

俺が人参のおもちゃを渡しても、鈴香は興味も示さず「ぶんぶー！」と払いのける。

「乱暴なやつだな。アイスをフライパンで炒めるなんて何料理だよ。人参が嫌なら、ほら、これなんだ、ソーセージかな。これ、炒めりゃいいだろう」

ソーセージも人参と同じ。俺が押し付けようとするのに、鈴香はぷいっと横を向いて、すでにコーンに入っているバニラアイスをフライパンの中で転がしている。

「まったくなんなんだよ。まあ、ままごとだから何炒めたっていいけどさ」

まさか大きくなって実際にアイスをフライパンに入れるわけでもないだろう。まじめに考え過ぎだな俺、と自分に苦笑していると、今度は、鈴香は小さな動物のおもちゃを出してきて、ゾウをフライパンに入れた。悪びれもせず、すました顔で「パオーン」と言いながらフライパンを揺すっている。アイスはいいとして、動物を焼くのはだめだ。

「おい！　お前、ゾウなんか食わねえだろ？　ってか、ゾウが熱がるじゃねえか！」

俺がゾウをもぎ取ると、鈴香は「ぶんぶー！」と叫びだした。

「お前、なんでも炒めりゃいいってもんじゃねえだろう。ゾウだぜ、ゾウ。こいつは本当はお前よりもっとでかいの。反対に食われるぜ」

俺の理屈なんて聞くわけもなく、ゾウを取られた鈴香は怒って泣き始めた。

「おい、泣くなよな。ほら、ほかの物焼けばいいだろう？　焼くのなんていっぱいあるじゃねえか。肉に魚に、ほら、ジュージュー」

俺はその辺の適当なおもちゃをフライパンに突っ込んで揺すって見せた。せっかく機嫌よく遊んでいたのに、泣かれたら困る。

「ぶんぶ！」

「えっと、ほら、何かいいものねえかな」

おもちゃ箱をひっくり返してみる。バナナに卵にスパゲッティ。それらを次々フライパンに入れて見せても、鈴香の機嫌は直らない。

「ほら、ハンバーグだぜ。ジュージュー、おいしそうだろ」

「ぶんぶー」

鈴香は座ったまま足をバタバタと動かして、涙を流し怒っている。泣くようなことかと言いたくなるけど、相手は二歳にもならない子どもだ。俺はぐっとこらえて、

「なんだよ。ほら、鈴香。じゃあ、またアイス焼いてくれよ。な」

とフライパンを握らせようとしたけれど、鈴香はすっかりふてくされて、「やいや

いやい」と叫ぶだけだった。

どうすればいいだろう。動物をフライパンに入れさせるわけにはいかないけれど、またいつもみたいに泣きっぱなしになるのは避けたい。何か焼いておもしろいものはないだろうか。フライパンに入れて楽しいもの。炒めるのにいいもの。鈴香の気分が持ち直しそうな愉快なもの……。そうだ、俺の得意料理だ。

俺は台所へ行くと、米びつから米粒を一つかみ取り出して、変わらず「やいやいやい」と言っている鈴香の目の前で、フライパンにじゃらじゃらと入れてみせた。見たことがないものだからか、音に惹《ひ》かれたのか、鈴香は目をぱちぱちさせ米粒をのぞき込んだ。

「これ、本物の米だぜ。こうして炒めたら、チャーハンができる。おもちゃより、炒めがいあるだろう」

俺がそう言いながらフライパンを揺すると、鈴香は泣いていたのなど忘れたかのように「うわー」と歓声を上げた。

「ジュージュー。こうして手早く炒めるのがコツなんだ」

おもちゃのフライパンの中で米粒は勢いよく動く。俺がスプーンでさっとかき混ぜると、鈴香は手を合わせて拍手をした。小さな手では何度合わせても、ピタピタピタという音しか出ない。だけど、拍手を送られるとなんだか誇らしい気分になって、俺はフライパンの中の米を何度も揺らして見せた。

「よし、出来上がり。鈴香も作ってみっか？」

俺がフライパンを渡してやると、鈴香は「ぶんぶー！」と威勢のいい声を出して、さっそく「ジュージュー」と揺すり始めた。

白い小さな粒が動くのがなんとも楽しいらしく、鈴香はフライパンの中を目を凝らして見つめている。

「ゾウより、楽しいだろう」

「ジュージュー！」

「やっぱ、日本人は米なんだよな」

「ジュージュー」

「お、どれどれ。いい焼け具合なんじゃね」

米粒を出してきたのは俺なのに、俺がフライパンに触ろうとすると、鈴香はぐいっと自分のほうへ引き寄せた。

「なんだよ。見ようとしただけじゃねえか。お前、勝手なうえに、ケチだな」

「ジュージュー」

「はいはい。がんばって作ってくれよ」

鈴香は、少し唇を突き出し、大きく目を開いたまま瞬《まばた》きもせず、真剣そのものの顔でフライパンを揺すっている。子どもって瞬時に没頭できるようだ。ゾウも助かったし、鈴香の機嫌がいいのなら何よりだ。これで一息つける。俺は大きく伸びをしながら、小さな体を動かしチャーハンを作る鈴香を眺めた。


ままごとで楽しく遊んでいたのに、機嫌は悪くないはずなのに、鈴香はやっぱり昼ご飯は食べようとしなかった。

さっき米粒を見ていたからカレーライスにしたのに、見向きもしない。一緒に食べるほうがいいのだろうかと、俺も大人用のレトルトのカレーを温めて横で並んで食べようとしたけど、何の効果もなかった。

いつもと同じ、スプーンを口の前に持っていくと、ぎゅっと口をふさいで横を向いてしまう。バイトを始めて四日、鈴香がビスコ以外の物を口にしているのを見たことはない。

「朝も夜も食べてっから、昼ぬいたって全然問題なし。心配すんなって」と先輩は言っていたけど、朝はパン、夜は先輩のラーメンやコンビニ弁当を分けて食べているという。せめて昼ぐらいまともに食わないと栄養が偏《かたよ》ってしまう。

レトルトのパッケージには、「鉄分、たんぱく質がたっぷり」だとか、「お子様が一日に必要な野菜の三分の一が摂《と》れます」だとか、いかにも体に良さそうなことが書かれている。

「これ、食べたら元気元気になるんだぜ。鈴香、本当は腹減ってるんだろう？」

「なあ、おいしそうじゃん。食ってみろって」

何を言ったって、鈴香はかたくなに拒否をするだけだ。一緒にご飯を食べるほど俺には心を許してはいないということだろうか。

せっかく用意はしたけれど、俺だけ食べるわけにもいかず、冷めていくカレーを前に、鈴香の横でため息をつくだけだった。

5

「あれ、大田じゃん」

バイト五日目もなんとか終わり、夜に思い立ってショッピングモールに買い物に出かけそのままうろついていると、同じ高校のやつに会った。

不良と言ったって、こんな田舎じゃ、行く所も知れている。この辺りで一番大きなショッピングモールに行けば、だいたい誰かに出くわした。

「いいとこで会ったじゃん。走り、行こうぜ」

「俺、バイク改造したんだ。大田、ためさねえ？」

清水に仲代《なかだい》。高校二年生になってから、やたらと絡《から》んでくるようになったやつらだ。

入学当初まじめに高校生活を送りかけていた俺は、一年生のときは周りから浮いていて、「なんだ、大田ってたいしたことないやつだったんだな」などとからかわれることもあった。だけど、二年生になって、中学校の後輩だった山根が入学してきてからは違った。容赦を知らない筋金入りの不良の山根が、俺との再会を喜び、尊敬のまなざしを向けている。なりをひそめているだけで、大田ってすごいやつだったんだ。とても思ったのか、みんなの俺を見る目はがらりと変わった。ちょくちょく鑑別所や更生施設に入っては学校から遠のいていた山根は、駅伝で走った俺を、まともに高校生活を送ろうとした俺を、知らないのだ。世の中をばかにしたような笑みを浮かべ、人を痛めつけることなど何とも思っていない据わりきった目をした山根。そんなやつに「大田さん」と慕われても、体のどこかがひやりとするだけだった。昔は怖がられることが快感だった。周りをびびらせては悦に入っていた。でも、今、みんなに一目置かれても、そこにあるのは、着たくもない衣装を着せられ祭り上げられているような居心地の悪さだ。だからと言って、本当の俺は違うんだと言うほど、まともになっているわけでもない。昔とは変わったんだと言うほど、自分に手ごたえも感じなかった。

「バイク?」

「ああ、大田もここまで乗って来たんだろ」

清水はへらへらと笑った。楽しいことが起きてもないのに、不必要に体を揺すりながら笑うのがこいつの癖だ。

「いや」

「じゃあ、なんだ? まさかバスで来たのか? じゃねえよな」

仲代が言って、二人は「バスとか、マジくそだろう」と笑った。

この地域は電車の本数が少ないからバスの路線が発達している。バスで移動するのはごく普通の手段だ。けれど、俺はバスにもバイクにも乗っていない。ここまで、この足で走ってきた。家から八キロ弱の距離。夏の夜だ。それくらいなら、自分の足で走るほうがよっぽど気持ちがいい。大田は走るのが似合ってる。中学生のとき、俺を駅伝に引っ張ったやつがそう言っていたけど、そのとおりかもしれない。

「いや、俺、連れに乗っけてもらって二ケツで来たから、今、足ないんだわ。またそいつに帰り拾ってもらうしさ」

バスがくそなら、自力は何だろう。こいつらにどう思われたっていいようなものなのに、俺はそうごまかした。

「なんだ、そっか。つまんね」

「大田と走りたかったんだけどな。じゃあ、ゲーセンでもたむろしに行かね？」

だらしなくハーフパンツのポケットに手を突っ込んだ清水が言って、

「さっき、金田高校のやろうがいたから、きっとゲーセンにいるぜ。ちょっと、からんで暇つぶそうぜ」

と仲代も同意した。

ゲームセンターに行って、いくつかゲーム機をいじって、そこらにいる似たような出《い》で立ちのやつにからむ。中学校のときとやることはほとんど同じだ。

「まあ、そうすっか」

俺はゲームセンターにもバイクで走ることにも興味はなかった。でも、早く帰ったところで、やることもないし、こいつらみたいなやつらしか、連れもいない。俺も二人の後をふらふらついて歩いた。

「マジびびってやんの」

「あいつら、くそだな」

ゲームセンターに入るや否《いな》や、仲代と清水は、わざわざ人が使っているゲーム機に割り込んでは笑い声をあげた。

面識のないやつに文句を付け、腹も立たないのに怒る。いい人間になるのも難しいけど、いちいち悪態吐《つ》くのも同じくらい面倒だ。

俺は何をするでもなく、一人でゲームセンターの中をうろついた。ぴかぴかした機械に目がくらみ、音楽もゲームの音もすべてが大音量で耳が麻痺《まひ》する。この中にいると、今が昼なのか夜なのか、外が寒いのか暑いのかすらわからなくなってしまう。

「お」

だらだらと歩いていると、クレーンゲームに目が留まった。鈴香が見ているDVDに出てくるイヌのぬいぐるみが入っているじゃないか。なんだ、このもっさりしたイヌ、けっこう人気のキャラクターだったんだな。一つ取ってやるとすっか。俺は金を入れるとさっそく挑戦した。

「ああ、ちきしょう」

もっさりしたイヌはあと少しのところでクレーンから外れてしまう。中学のときの俺はゲーセンに入り浸っていて、こんなのお手の物だったのに。

「なんだよ、これ、取れねえようにしてんじゃねえのかよ」

俺はぶつぶつ言いながらも、再度金を放りこんだ。このぬいぐるみを手にしたら、鈴香は少しは笑ってくれるかもしれない。

「よし、ああ、こいつじゃねえのに」

イヌにひっかかったと思ったら、隣の違うキャラクターのぬいぐるみが落っこちてきた。俺ががっくりしながら受け取り口から取りだしていると、

「うわ、お兄ちゃん、すごい。これ、めったに出ないやつなのに」

と近くで見ていた男の子が駆け寄ってきた。五歳くらいだろうか。鈴香と比べたら、ずいぶん大きいし、足取りも口調もしっかりしている。

「そうなのか？」

「そうだよ。レアだよレア」

男の子は目をキラキラ輝かせている。鈴香もそうだけど、子どもの目ってずいぶん表情豊かに動くものだ。

「レアって、難しい言葉知ってんだな」

鈴香より三、四年大きいだけで、使う言葉が全然違う。俺が三年過ごしたって、たいして変化もないのに、子どもには驚異的な時間のようだ。

「僕、毎週見てるもん」

「こいつもテレビのキャラクターなのか」

ぬいぐるみは真っ赤でネコのような風貌《ふうぼう》をしている。

「お兄ちゃん見てないの？　みんな見てるのに？」

「俺、お前の連れじゃねえし、お前よりずいぶんとでかいだろ？」

男の子が驚くのに、俺は思わず笑ってしまった。

「これ、こないだ、お父さんに頼んだのに全然取れなかったんだ。それなのに、お兄ちゃん、すぐ取っちゃうんだね。ぱぱぱぱって。かっこいい」

「そうか？」

「そうそう。大ちゃんもまあ君も美香ちゃんもお兄ちゃん見たら絶対かっこいいって言うよ」

「けんと、お待たせ。買い物終わったよ」

子どもが興奮気味に話していると、母親らしき女が近づいてきた。

「あ、お母さん！　ねえ、見て、あのお兄ちゃんさ」

「行くわよ。ほら」

母親は俺に一瞥《いちべつ》をくれるとすぐさま子どもの背中を押した。そんなに慌《あわ》てる必要はないけど、当然の反応だ。金髪にピアス。笑ったところで目の怖い俺のそばに子どもがいたら、引き離したくもなるだろう。

「ほら、やるよ」

俺は男の子のほうに、ぬいぐるみを投げてやった。

「うわ！　やったー」

ぬいぐるみをキャッチした男の子が、喜んでまた俺に近づこうとするのを、強引に手を引いて阻止すると、母親は俺と目を合わそうともせず、きっぱりと背を向けて歩き出した。

「お前らはサルかよ。ありがとうぐらい言えよな」

俺は心の中でつぶやくと、またクレーンゲームに向かった。

レアものの赤いネコは取れたのに、イヌはなかなかかからない。ぬぼっとしたイヌの顔にだんだんいらいらしてくる。

「お前らたくさん入ってんだから、一匹くらい出て来いよな」

俺が五回目の金を入れていると、仲代たちが後ろにやって来た。

「大田、なに、取ってんの？」

「ああ、これ？ これさ、連れのガキが好きでさ。暇だし取ってやろうかなって」

「つうか、なに必死なってんだよ。もうそこまで出かかってんだから、台動かしゃ落ちてくるじゃんよ。ちょっと待てよ」

仲代が台に体ごとぶつかって傾けたところに、清水がこぶしで台の真ん中をたたく。

すると、ぬいぐるみはあっけなく穴に転がった。

「ほい、大田」

「あ、ああ、サンキュー」

「楽勝楽勝。これで、ガキも喜ぶっしょ」

仲代は自慢げに俺にぬいぐるみを渡した。

「わりいな」

ぬいぐるみは変わらず抜けた顔をしている。だけど、さっきまで狙《ねら》っていたものとは違って見えた。

卑怯《ひきょう》な手を使って手に入れたものは汚いだとか、まともぶったことを思うわけではない。正攻法で取ろうが、パクろうが、物自体に何も変化はない。ただ、鈴香の喜ぶ顔はとたんに浮かばなくなった。

「大田、なんだこれ？」

どうしたものかとぬいぐるみを持っている俺の背中に、「ライター借りるぜ」と、勝手にかばんをあさっていた清水が驚いた声を出した。

「え？」

「マカロニばっか、なにに使うんだ？」

のぞき見た仲代も眉《まゆ》をひそめた。俺のかばんの中には、三種類のマカロニが入っている。

「ああ、それか、それは……」

「なにかに仕込んでボコるのに使うのか？」

「いや、違うだろ。マカロニってなんかぶっ飛べる成分入ってんだよな？　この穴から吸うと、シンナーが濃くなって、もっと気持ちよくなれんじゃねえの？」

仲代も清水も真顔で言っている。どう細工したところで、マカロニで人をボコれるわけないし、シンナーの濃度を変えられるわけがない。

「いや、さっきスーパーうろついてたら、目の前にあってパクりやすそうだったから入れただけで、特に意味はねえんだけど」

「なんだよ。そうなのか。あれ？　大田、ライター持ってねえじゃんかよ」

清水は体を揺すって笑うと、かばんのポケットを探った。

「わりい、三日前から、禁煙してんだ」

「マジかよ」

「吸い過ぎて喉《のど》やられたみたいでさ。なんかやべえんだ」

俺は清水がよこしたかばんにぬいぐるみを突っ込むとそう言った。

「大田えぐいもんな。小学生のころからヘビースモーカーだからだぜ」

「で、高校生にして禁煙ってか？」

二人はそう言って、ばかみたいに笑った。周りのやつらは俺のことなんて何も知らない。

俺の喉がやられるわけがない。タバコも万引きも、中学三年生の夏にやめて以来、俺は一度もやっていない。

6

「ジュジュジュジュー！」

案の定、鈴香は声を弾ませ、夢中でおもちゃのフライパンをかき混ぜた。

「いいだろ？　よく炒めたらおいしくなるぜ」

おもちゃのフライパンで炒めて、おもしろいもの。米粒と同じくらい魅力のあるもの。手ごろな大きさで、いい音が鳴って……。そう考えていたらはっと思い浮かんで、昨日の夜マカロニを買いに走った。

丸いものにねじれたものにカラフルなもの。スーパーにはいろんな色や形のマカロニがあって、三袋も買い込んでしまった。どのマカロニもころころとフライパンの中で転がって、いい音を鳴らしている。スプーンを使うと混ぜごたえもあるし、おもちゃより実際の食べ物を炒めるほうが楽しいようだ。

さんざん最初に泣いている姿を見せられていたせいだろうか。楽しそうな鈴香を見ると、心底よかったとほっとする。もしかしたら喜ぶかもしれない。そう思うだけで、マカロニを買いに走ってしまうのだから、子どもの笑顔って、そうとうな威力だ。

「ポイポイ」

穴が開いた形がおもしろいようで、ひとしきり炒め終えた鈴香はフライパンの中のマカロニをつまんでキャッキャと言いだした。

「後始末が大変だから、散らばらすなよ」

「ポーイ」

「ポイじゃなくて、ハイって言えよ」

「ポーイ」

マカロニをつまむ小さな指。その指先を見つめる次々表情が変わる顔。鈴香の姿はおもしろくて、ついつい目で追ってしまう。今まで子どもが好きだなんて一度も思ったことはないけれど、小さなものは単純にかわいい。いつまで見ていても飽きなそうだ。でも、今日はやることがある。

「よし、俺もそろそろ動くとすっか」

鈴香がまたフライパンを振りはじめるのを眺めると、俺は台所で本物のフライパンを出した。

昨日スーパーでマカロニを買うついでに、幼児食のコーナーものぞいてみた。奥さんがそろえてくれたものと同じようなレトルト食品がたくさん並んでいたから、何か違う物を買おうと見比べた。けれど、どのパッケージにも、体にいいとか、食べやすいとか、簡単調理とか書いてはあるものの、おいしいと記されているものは一つもなかった。

大好きな母親がスプーンに載せてくれて、いつもと同じ環境で、満たされた食卓なら、少々味気ないものだって食べられるだろう。だけど、俺みたいなやつと二人で食べなきゃいけないんだ。食べずにはいられないくらいおいしいものじゃない限り、口は開かないのかもしれない。そう思うと、どの商品にも手が伸びなかった。

「おい、マジかよ。しけすぎじゃねえ」

冷蔵庫を開けた俺はがくりと来た。

野菜もなければ、ハムやソーセージすら入っていない。長い間不在にするにしても、常備してるものってあるだろう。奥さんは料理が本当に苦手なようだ。

かろうじて入っているのは、卵と賞味期限ぎりぎりのちくわに、干からびた人参のかけら。冷凍庫にご飯だけは山ほどある。これはチャーハンしかないな。奥さんが書いた鈴香ノートで確認をすると、食べてはいけないものは、この中になさそうだ。材料は乏しいけど、おいしい昼飯を作ってやるとするか。

不似合いだと笑われるけど、俺は昔からよく料理をした。母子家庭で小さいころから母親が遅くまで働いていたせいか、簡単なものは小学校の低学年で作れた。切って炒めりゃだいたいは何とかなる。味付けなんて自分の好きなようにすればいいし、難しいことなど何もない。

干からびた人参を細かく切っていると、マカロニを炒めるのに飽きたのか、鈴香がおもちゃのフライパンを持って横にやって来た。

「ぶんぶー」

「なんだ、お前も一緒にやるか？」

「ぶんぶー」

「じゃあ、お前はこれを炒めてくれ」

俺は人参の皮を鈴香のフライパンの中に入れてやった。

「ぶんぶ」

鈴香は台所の床にちょこんと座って、人参の皮を珍しそうにしげしげと眺め始めた。ひらひらと薄い皮はまたマカロニとは違ったおもしろさがあるようで、夢中で触っている。新しいものを見ると、瞬時に目を輝かせて、すぐさま飛びつく。まだ知らないものだらけの鈴香には、胸を弾ませてくれるものがそこら中にあるようだ。

「はい追加。これも頼むわ」

俺は洗って細かくした卵の殻を少しだけ鈴香のフライパンに加えると、チャーハンの調理にかかった。

ごま油で人参とちくわを炒める。鈴香が食べられるように、柔らかくなるまで火を通さないとなと弱火にかけながら、あれと思った。

「ってか、お前、ビスコ食ってんじゃん」

ビスコはそれなりに歯ごたえがあるはずだ。それに、夕飯には先輩のラーメンをつまみ食いしてるというじゃないか。

「本当は普通に食えるんだよな?」

俺は卵の殻を炒めている鈴香に確認すると、溶き卵と混ぜ合わせたご飯をフライパンに流し込んだ。ここからはさっと火を通して一気に仕上げたい。ところが、火力を強めると、火の音に惹かれたのだろう。鈴香が、自分のフライパンを置いて、

「ぶんぶー」

と立ち上がった。

「なんだよ」

「ぶんぶー」

鈴香は背伸びをして、腕も伸ばしている。

「いや、今、俺、忙しいんだって」

「ぶんぶー」

「なんなんだよ。お前は自分のを炒めろよ」

「ジューー、ぶんぶー」

鈴香は体全体を使って、フライパンの中を見せろと主張している。不安定に揺れながらも背伸びしている鈴香相手に、断ることはできそうにない。

「もう、しかたねえな」

俺が抱き上げフライパンの中を見せてやると、鈴香は大興奮で「ジュジュジュー！」と高い声を出した。

「よし。もういいだろ？」

下におろすと、鈴香は「ぶんぶー！」と俺の手を引っ張る。また見せろと言っているのだ。ここからはスピード勝負なのに、面倒なやつだ。

俺は左腕だけで鈴香を抱えて持ち上げた。腕の中にじんわりと鈴香の体温が伝わってくる。その程よい温度のせいか、角ばったところが全くない柔らかな体のせいか、片腕でもそれほど重さは苦にならない。鈴香のほうも俺の腕の中から両手を出して、うまい具合に収まっている。これなら片手で十分だ。

「まずくなったらお前のせいだからな。さあ、炒めるぞ」

俺はしっかりと鈴香を持ち直すと、右手で木べらを握った。

「ぶんぶんジュージュジュジュー」

「おい、動くなよ。フライパンの中に落っことしちまうだろ」

「ジュジュージュジュ」

鈴香はフライパンの中で動くご飯を楽しそうに眺めながら、ご機嫌に叫んでいる。

「のんきなやつだな。お前のせいでチャーハンのクオリティが下がっていってるぜ。よいしょ。じゅじゅじゅっと、醬油《しょうゆ》を回して、これでよし」

最後にかつおぶしをまぶして出来上がり。かつおぶしが水分を吸って、少々ねっとりしたご飯もぱらりとさせてくれるだろう。アツアツのチャーハンからは、焦《こ》げた醬油の香ばしいにおいが漂っている。

「さあ、食おう。鈴香！　絶対うまいぞ。少なくともあのレトルトのどろどろご飯よりな。……っとその前にだ」

鈴香をおろして景気よく皿を用意しかけた俺は手を止めた。食事の前に、やっておいたほうがいいことがある。

今朝、俺がここに着くと、鈴香はすました顔で車で遊んでいた。六日目になってさすがにこの状況にも慣れたようで、俺を見ても泣く気配がなかった。

「おお、すげーな。大田もうなつかれたじゃん」

先輩はそう感心してくれた。

「まあ、明日で一週間っすからね」

「やるじゃねえか。マジ大田が来てくれてよかったわ。慣れたってことですげえ頼みしていい？」

「なんすか？」

今現在だって、俺はずいぶんすごい頼みを遂行しているつもりだ。これ以上に何かあるというのだろうか。

「いや、そのさ、できたらでいいんだけど、おむつを替えてくれねえかな」

「おむつ？」

「そう。最近のおむつは性能いいからさ、十時間くらい替えなくても全然大丈夫なんだけど、やっぱかぶれたりすんじゃん。余裕があったらでいいんだけどさ、ま、一日一回くらいは替えてやってくれたら、超ありがたい」

先輩は遠慮がちにそう言って、俺に手を合わせた。

泣きわめく鈴香を見るのに手いっぱいですっかり忘れていたけど、奥さんにもおむつの替え方を教えられていた。それなのに、今日まで一度も替えたことがなかったなんて。鈴香は気持ち悪かったにちがいない。鈴香が何も言わないのをいいことに、気の毒なことをしてしまっていた。

「めしが冷めるのはまずいけど、やっぱ、食べる前にトイレは済ませねえとな」

俺は自分に「よし」と気合を入れた。一歳とはいえ、女の子の、いや、人のズボンを脱がすのは戸惑う。そもそも生まれてこの方、他人の排泄物《はいせつぶつ》など触ったことがない。気合を入れないと、とてもできそうになかった。

「さてと。やるか。そうだ、やるんだ」

奥さんに教えられた説明を思い出しながら、俺は鈴香をごろりと仰向《あおむ》けに寝転がすと、おそるおそるズボンを脱がした。抵抗して暴れるかと思いきや、生まれたときから毎日されていることで慣れきっているのか、鈴香は手に持ったマカロニをカチカチと合わせて遊びながら、えらそうに足を広げて悠々としている。

「で、どうすんだっけ」

気合を入れたものの、おむつだけになった鈴香を見ると、手が止まった。鈴香をかわいく思えるようになってきたとはいえ、おむつはじっとりしてそうで、触るのに躊《ちゅう》躇《ちょ》してしまう。

「やっぱ小便してるよな。なあ?」

俺の戸惑いなど素知らぬ顔で、ズボンを脱いで開放的になって気持ちいいのか、鈴香は足をゆらゆらと動かし始めた。

「俺、動物飼ったことねえから小便とか触れねえんだよな」

「ぶんぶ」

「人の小便の世話するって、親ってすげえ度胸あるんだな」

「ぶらぶらー」

鈴香は今度は足をバタバタと大きく動かした。ズボンを脱いだままで遊びだしてしまいそうだ。ここはてきぱきやるしかない。

「よし、大丈夫だ。小便っていったって、赤ん坊のだから、水と同じだ。何も汚くねえって。な?」

俺はわけのわからない理屈を声に出して言うと、鈴香の足に手を伸ばした。足をつかんだ指に伝わる感覚があまりにもつるんとしていて、俺は思わず「お前、肌きれいだな」と感心した。鈴香の肌は、顔も手足もどこもすべすべで指先にひっかかるものなど何一つない。こんなに滑らかな感触のものなんて今まで触ったことがない気がする。

「おっと、のんびりしている場合じゃねえな」

鈴香は俺に握られた足を、きゃっきゃとはしゃぎながら揺らしはじめた。急がないといけない。

「えっと、このテープを外すんだっけ。でこれをって、おお、なんか湿ってる。うわ、手についた！」

その感触に、俺はおむつに触れた手を思わずぶんぶんと振った。鈴香は大げさな俺にひゃっひゃと笑い声を上げている。

「なにがおかしいんだよ。今、手がじとっとしたんだって」

「ぶぶぶ」

「ぶぶぶってなんだよ。笑うなよな」

「ぶぶぶ」

「ったく、見てろよ」

二歳前の子どもに笑われてたんじゃ、どうしようもない。おむつ一つ替えられないでどうする。俺は大きく息を吐いて自分を奮い立たせた。

「よし。やるぞ。一気にやんなきゃな。こういうのは手間取るとよけいにダメなんだ」

「ぶーらら」

鈴香は俺の決死の覚悟などよそに、のんきに足を揺らして遊んでいる。

「人に小便の始末させて気楽なやつだな。さあ、今ちゃちゃっと替えてやっからな」

俺は息を止めると、テープを外し、さっとおむつを鈴香のお尻《しり》の下から引き抜いた。

「おお。できた！　って、ぎえええええ」

おむつが取れてほっと一息ついた途端、俺は声を上げた。手にしたおむつはじっとりとして重みがある。子どもといったって、しっかりと小便をするんだ。

「これ、あったかいんだけど出たての小便じゃねえよな。うあうあうあ、また指についた。うわ」

「うわうわー」

鈴香は騒ぐ俺をまねして、裸になったお尻と足を豪快に動かしている。

「おい、喜ぶなって」

この間に、小便をされたらそれこそえらいことだ。おむつを外したら、ここからはチャーハンを仕上げるのと一緒。待ったなしだ。

俺は汚れたおむつをもたつきながらも何とかくるむと、鈴香のお尻の下に新しいおむつを敷いた。

「えっと、この部分を前に持ってきて。お前太ももむちむちじゃねえかよ。で、足をこっちだろ……」

「ぶんぶ」

「ここを整えてっと」

手先は器用なほうだけど、相手が人間となると、手際《てぎわ》よくはいかない。変に体を動かしてひねりでもしないかとびくびくしてしまう。鈴香の体はまだ軟らかく、引っ張るとぐにゃっと曲がってしまいそうだ。

「で、テープで止めたらいいんだな」

太ももをそっと持ち上げ慎重におむつを整えると、鈴香が腰を少し浮かせた。早くズボンを穿《は》かせろと催促しているようだ。

「お前ふてぶてしいやつだな。わかってるって。ちょっと待てって」

俺は汗をぬぐうと、ズボンを腰まで上げてやった。

「ああ、できた。よしできたぞ」

「でったー」

どんと構えた鈴香の横でおろおろ騒ぎながら、俺の初めてのおむつ交換はなんとか終了となった。

すっきりしたところで、いざ昼ご飯だ。俺は食卓に二つの皿に盛ったチャーハンを並べた。具は少ないけど、卵と人参のおかげで彩《いろど》りよく見える。

「鈴香、ほら、食べてみろ」

スプーンに載せて口元に近づけてやると、鈴香はチャーハンを凝視した。

「さっき、ジュージューしたやつだぜ。少し冷めたけどいい匂《にお》いしてるだろ？」

鈴香は顔を揺らしていろんな角度からスプーンを眺めてはいるけど、口を開けようとはしない。

「じゃあ、俺、先に食っちまおうっと。あーおいし」

俺はチャーハンを口に入れると、大げさにうまいと連呼した。鈴香向けに味は薄くしているし、具は細かすぎて歯ごたえはないけど、まずくはない。

「ほら。鈴香も食えって」

もう一度スプーンを顔の前に持っていくと、鈴香はおそるおそる口を開け、スプーンの先の米粒だけをぼそりと口に入れた。

「どうだ？」

「しーし」

「だろ？　おいしーだろ？」

一口食べれば、後は簡単だった。腹だって減ってるし、きっと子どもにとって一日の中で食事が占める役割は大きい。おいしいとわかれば、食べずにはいられないのだろう。今までぎゅっと閉じていた口を、鈴香はめいっぱい開けて、俺がチャーハンを入れるのを待ち、一口食べては、またすぐに口を開けた。

「おい、お前、早すぎじゃね？　ちゃんと嚙《か》めよな」

「ぶんぶー」

「待てよ。俺、まだ二口しか食ってねえんだけど」

「あーん、あーん」

「そんなにでかい口開けなくても入れてやるから」

鈴香の食べる速度は俺よりも圧倒的に速い。やっぱり俺が作るチャーハンは、うまいのだ。

「慌てるなよ。待てってば」

俺は自分が食べるのはさておき、鈴香の口へと忙しくチャーハンを運んだ。

7

七月十七日の金曜日は高校の終業式で、期末テスト後夏休みも同然だったのが、一日登校日となった。

どうせ通知表をもらってくだらない話聞くだけだから行く必要はないと言ったのに、先輩は「学校を休ませるわけにはいかねえし、もう有休取ってあるから」と、俺のバイトの申し出を断った。

終業式は予想どおり、まったく無意味なものだった。現に全校生徒の三分の一は来ちゃいない。

体育館で夏休みの過ごし方を聞き、補習の日程の説明を受け、いくつかのクラブが活躍しているという話を聞かされ、一つも要点がつかめない校長の長い話を聞くだけだから、だいたいのやつは好き勝手にうろついてしゃべっている。こんなところに生徒を集めたら調子に乗るから、教師たちもあちこち注意して回らないといけない。みんながバタバタと動き回り、騒々しい。

体育館は日が差さない分、ひんやり感じるけど、人が集まればすぐにむわっとした湿気が充満する。俺は並んでいた列から抜けると、後ろの壁にもたれて、腰をおろした。

もたれた壁には「山田殺す」と書いてある。見上げればリングが歪《ゆが》んだバスケットゴール。舞台の上の幕はびりびりに裂かれ、二階の隅の窓は割れたままで直されていない。注意する教師をわざとらしく大きな声で笑いながらふらふら歩くやつらに、壇上で話す校長に暴言を吐くやつら。

俺だって、校舎の窓を割ったこともあれば、中学校の入学式で校長に「黙れ、はげ」とわめいたこともある。だけど、ここが今俺がいる場所なんだと思うと、たまらなかった。自分のことを棚に上げているのも、自分の今までの歩みがこの場所につながっているのもわかっている。でも、ここで滞っているのは息が詰まりそうになる。何かを壊したり誰かを痛めつけたりすることでは、もうどこも満たされなかった。そんなことをしても、すかっとする一瞬の快感すら、もたらされやしない。

生徒指導の教師が話す中、体育館の真ん中では、三年生の連中がボールを出してきて、ドッジボールのようなものが始まった。けれど、教師はさして慌てもしない。ここではよくある日常の光景になっているのだ。そんな場所で、何ができるというのだろう。

「なんだよ、大田いるんじゃん。一緒にやろうぜ」

誰かが近寄ってくる気配を感じて、俺はそっと体育館を後にした。

教室に戻ると通知表が渡された。中学のときはひどいものだったけど、受験直前に必死で勉強した貯金がまだ残っているのか、あまりにも周りのレベルが低いせいか、ここでは勉強しなくても真ん中くらいの成績がとれた。

成績なんて興味はないと言いながら、通知表には一応目を通しておく。

「現代文9　古典10　数学9　音楽10」

あれ？　俺ってこんなに賢かったっけ。ほとんど受けてない授業もあるけど、ずいぶん甘く成績つけてくれたんだなと驚いていると、目の前にひと気を感じた。

「あの……」

前には髪を腰辺りまで伸ばした和音《かずね》が立っていた。和音は長いスカートに制服のカッターシャツのボタンを一番上まで留めていて、見ているほうが息苦しくなる。

「これ、間違ってます」

和音は前髪が長く顎《あご》のラインまであるから、顔がよく見えないし、声がこもって聞こえにくい。

「へ？」

「これ、間違ってます」

和音は声を大きくもせずまったく同じ調子で同じことを言った。

「あ、ああ。これか、マジか」

大田和音。苗字《みょうじ》が同じだから、通知表が入れ替わってしまっていたようだ。

まっすぐじっと差し出された通知表を受け取ると、俺は中を見てしまった手前、

「お前、賢いんだな。いい成績じゃん」

とほめておいた。それなのに、和音はありがとうとも、大田君もそこそこねと言うこともしない。うつむいたまま俺から通知表を受け取ると、

「おい、下柳《しもやなぎ》、てめえ、大事なもん、まちがえてんじゃねえぞ」

と俺が担任を怒鳴りつけている間に、こつぜんと姿を消した。見た目も動きも幽霊だ。ここまで存在感をなくせるのは一種の才能かもしれない。

「大田、キモお化けにからまれてんじゃん」

「いや、違うから」

「大田、たたられたぜ」

周りのやつらは「呪《のろ》われたぞ」と茶化して笑った。いくら何でも「キモお化け」はないだろうと席に戻った和音のほうを見てみる。だけど、和音の顔は髪の毛で全方位囲まれていて表情はちらりともうかがえない。

ここには、俺みたいに不良でばかなやつがほとんどだけど、不登校で出席日数が足りなくて他の高校に行けなかったやつも何人かいる。たぶん和音は後者だ。まさかこんな高校生活を送るとは思っていなかっただろう。ヤンキーがおとなしいやつにから

むことはそうないけど、俺なんかと比べものにならないくらい和音は居づらさを感じているはずだ。友達などいないのか、和音が誰かと話しているところは見たことがない。休まずに学校には来ているようだけど、和音の声なんて一ヶ月に一度聞けばいいところだった。

終わりのベルが鳴り、和音はそのまま教室から出て行った。下を向いたまま、よくもぶつからずに歩けるもんだ。

どうせあいつのよりははるかに悪い。俺は成績を見る気もうせて、通知表をかばんに突っ込んだ。

学校を出るとそのまま、鈴香の家に走った。

今なら昼ご飯に間に合う。せっかく昨日昼を食べるようになったのだ。この流れを逃したくないし、もしかしたら俺のチャーハンを食べたがっているかもしれない。大きな口を開けていた鈴香の顔を思い出すと、自意識過剰にもそう思ってしまう。それに、明日から三連休に突入だ。今日行かなかったら鈴香と四日も会わなくなってしまう。それだけ間があけば、ほんの少し近づいた距離をあっさりと帳消しにされそうだ。

「なんだ、大田来てくれたのか」

鈴香の家のベルを鳴らすと、ちょうど昼ご飯を食べていたらしく、口をもごもごさせながら先輩が出てきた。

「学校、思ったより早く終わったんで」

「おお、そうなんだ。ま、入れよ。お前もなんか食うだろ」

部屋に入ると、皿の中のご飯をスプーンでぐちゃぐちゃにいじっていた鈴香が顔を上げて、「ジュジュジュー」と叫んだ。俺を見ても泣かずに出迎えてくれる。それだけのことで、うれしくなってしまう。子どもは相手の感情まで単純にしてしまうようだ。

「よ。鈴香、ちゃんと食ってっか?」

鈴香の皿をのぞくと、レトルトの炊き込みご飯が半分以上残っている。

「もう腹いっぱいなのか?」

「ジュジュー」

鈴香はもう食べる気はないようで、残りのご飯をスプーンでこねくり回して遊んでいる。

「大田、ラーメンでいいだろう? ってか、カップラーメンだけどな」

先輩が台所から俺に声をかけた。

「あ、すいません。本当はなにか作ろうと思ってたんすけど」

「いいよいいよ。今日はバイトじゃねえんだから、くつろいでくれよな。おい、こら、鈴香、食い物で遊ぶな」

先輩は鈴香からスプーンを取り上げると、

「最近、鈴香の食が細くなっちまって困ってるんだよな。これなんか半分食べればいいとこ。やっぱ母親がいないからだろうな」

とため息をつきながら、お茶や箸《はし》などを運び俺の食卓を整えてくれた。母親の不在も原因だろうけど、何よりこれがうまくないからだ。どろっとした茶色のご飯。改めて見てみると、とても食いたくなるようなものじゃない。

「よし。もうできたんじゃねえか」

先輩がラーメンを運んでくると、鈴香は「ぶんぶー」と俺の手を引っ張って自分の横に座らせた。

「ずいぶんなつかれてんな。鈴香、お兄ちゃん来てくれてよかったな」

「ぶんぶー」

鈴香は座った俺の手をまた引っ張った。

「おいおい、えらい歓迎ムードじゃん。大田、モテモテだな」

「いや、たぶんこれは……」

鈴香は俺がラーメンを食べ始めると、「ぶんぶー」と声を大きくした。やっぱりだ。鈴香は俺がおいしいものを食べていると思っているのだ。

「待てって。まだ熱いんだって。冷ましてやるから」

俺はラーメンを鈴香の小皿に入れて箸で短くしてやった。

「鈴香って、大人の食べるもんばっかほしがるんだよなあ。おい、それじゃお兄ちゃんが落ち着いて食えねえじゃんか。鈴香こっち来いよ」

先輩が手を伸ばして抱きかかえようとするのを無視して、鈴香は俺に向けて口を開けている。

「大丈夫っす。一緒に食べるんで」

俺は鈴香の口に細かくしたラーメンを放りこんでやった。

「悪いな。ガキが一緒だと食った気しねえだろ？」

「そんなことないっすよ」

「そんなことおおありだって。汚すし好き嫌いはするし騒ぐし、鈴香と飯食うのって戦場だぜ。ミルクだけ飲ませてればよかったころが懐《なつ》かしい」

先輩はしみじみと言った。

「まあ、そのぶん成長してるってことで」

「そうなんだよなあ。でも、鈴香ができることが増えるたび、こっちの負担も大きくなってる気がする」

「たいへんなんすね」

俺は鈴香が「もぐもぐ」といちいち言いながら食べる様子を見ながら言った。こんな俺からしても、子どもはかわいく思える。小さくて頼りなげでそれでもせっせと動く姿を見ると、たまらなくもなる。だけど、半日見てれば十分だ。鈴香との時間が一日中、毎日延々と続いていくと思うと、ぞっとする。

「まあな。やっぱ、楽しいものにはしんどいことがつきものだよな。でもよ、大田って、なんでもすぐにこなせるようになるよな」

「そうっすか？」

「そうそう。中三のとき、突然駅伝走ったって聞いたのにもびびったけど、それなりにやってやがっただろ？　そんで、今じゃ、赤ん坊の面倒まで見てさ」

「いや、どれもそこそこっすよ。って、わかったわかった。待てって」

俺は鈴香に腕を引っ張られ、慌ててラーメンを口に入れてやった。その様子に先輩はゲラゲラ笑うと、「俺の出番ねえじゃん。そうだ、通知表もらったんだろ。見せてくれよ」と俺のかばんを手にした。

「いいっすよ」

「どれどれ。……マジかよ。大田、案外賢いんだな」

「あの中にいたらなにもしなくても、これくらい取れますよ」

確認はしなかったけど、相変わらず中くらいの成績を保っているようだ。

「あんだよ。気取ったこと言いやがって。俺なんかオール1だったつうの」

「それは先輩がそもそも学校に行ってなかったからっしょ」

「どうだろな。っていうか、お前、陸上部じゃなくて、吹奏楽部なのか？」

「吹奏楽？　まさか。俺、陸上部も辞めたし」

俺が怪訝《けげん》な顔を向けると、先輩が紙切れをひらひらさせた。

「なんだこれ？」

受け取ったプリントに目をやると、「吹奏楽部・うきうきサマーカーニバル参加のお知らせ」とあり、当日の段取りや持ち物が書かれている。どうやら地元の夏祭りにうちの高校の吹奏楽部が演奏に行くようだ。いったいそんな知らせがどうして俺の通知表に……？　そうだ、きっと和音だ。通知表を間違って渡されたときに、自分のプリントをはさんだのだろう。あいつ、あんな暗い顔して、音楽やってたのか。

「間違えて紛れこんだみたいっす」

「なあんだ。大田が笛吹くとこ見てみたかったのに。そうだ、俺の嫁さんも吹奏楽部だったんだぜ」

先輩は何かを思い出してるのか、目を細めてそう言った。

「そうなんすか」

実際に会ったのは二回だけだけど、奥さんのふんわりした雰囲気は何となく音楽に合っている気がする。

「クラブでなに吹いてたかは知んねえけど、ピアノは結構うまくて、一度連れの家で弾いてるの聞いてびびったわ」

「すごいっすね。先輩、そんな人とどうやって知り合ったんすか？」

先輩とピアノを弾ける女の人があまりにも不釣り合いで、俺は思わずそう聞いてしまった。

「あれ？　この話してなかったっけ？　嫁さん三歳年上なんだけど、俺が高校辞めてすぐバイトしてた料理屋でたまたま働いてたんだよな。嫁さん一人暮らししてたからなんとなくあっちのアパートに入り浸るようになって……。で現在に至るかな」

先輩は照れくさいのか、かなり大まかに説明した。

「奥さん、早くから一人で暮らしてたんすね」

「なんか、大学辞めたら親が激怒したらしくて家出たとかでよ。もともと家が窮屈だったみてえで。頭が固い親で一緒にいると息苦しかったってよく言ってたからなあ。俺んちみたいに酒飲んでやりたい放題の父親に自分勝手な母親じゃなくても、家出たくなることもあるんだな」

奥さんがきちんと育てられた人だというのは、この何日かでわかった。事細かにきれいな字で書かれた鈴香のノート。病院からくれる電話は言葉遣いが丁寧で耳触りがいい。俺や先輩とは違ったところで生活してきた人だということに、どこかうらやましさを感じていた。だけど、どんな暮らしでも、いいことばかりなわけはないのだろうか。親といるだけで息が詰まるなんて、俺には想像ができなかった。

「ま、俺と結婚して完全に家と切れたようだけどな」

先輩はへらへらと笑うと、

「そうだ、昼から嫁さんの見舞い行くけど、大田も来いよ」

と俺に言った。

病院は好きじゃないけど、奥さんに鈴香のことを話しておきたいし、聞いておきたいこともある。行こうかなと俺が考えている横で、母親のところに行くと察知した鈴香が「ぶんぶ」と声を弾ませて、椅子《いす》から立ち上がった。

「まだだよ。準備してからだ」

先輩がそう言うのに、もう鈴香は玄関へ向かっている。さっきまで早く食わせろとうるさく言っていたラーメンにも、見向きもしない。

「いや……、俺は帰ります」

俺の出る幕じゃない。奥さんが書いてくれたノートもあるし、電話でだって話せる。鈴香が何よりも楽しみにしている時間を、少しだって削ってはいけない。

「そっか？ 嫁さんも喜ぶと思うけど」

「いや、昼からやることあるんで」

「なあんだ。じゃあ、しゃあねえか。こら、鈴香、待てって」

鈴香が先輩をせかすのにつられて、俺は残りのラーメンを急いでたいらげた。

8

三連休に入ると、俺は料理にいそしんだ。鈴香の昼ご飯になりそうなものをいくつか作ってみたかったのだ。チャーハンは何でも入れられるし簡単だけど、そのうち飽きるだろう。それに、小さいころにいろんな味を知っておいたほうがいい気がする。薄味でおいしいもの。バランスよく食材が入れられるもの。野菜たっぷりの肉じゃがにうどんを入れて煮たものや、豆腐で作ったクリームソースを鮭のピラフにかけたドリアなどを試作しては味見していると、おふくろが、

「あんた、どうしちゃったの?」

と台所に入って来た。

「なにがだよ」

俺は家でもよく料理をするから、台所にいるのは不思議なことではないはずだ。俺がふてぶてしく答えると、おふくろは、

「なにがって、なにもかもよ」

と顔をしかめた。

おふくろは、土日以外は毎日朝七時半には出勤し、夜九時過ぎまで仕事をしているから、俺とはほとんど顔を合わせない。どうしたも何も、俺の動向など知らないはずだ。

「なにもかもって?」

「最近、妙にはりきってるからさ。彼女でもできたのかと思えば、夜はさっさと寝て

るみたいだし、休みは家にいるし。また走り始めたのかと思いきや、さほど体はしまってないしね」

「はりきってなんかいねえけど」

「あんた、気づいてる？　さっき、フライパン揺すりながらジュジューって言ってたわよ」

「マジかよ」

「ものすごく不気味だった」

おふくろはそう言いながら、俺が作った豆腐ドリアを口に入れた。

「なに、このふんわりしたソースにほのかな味」

「うまいだろ？」

「確かに。パンチはないけど、全くくどくないし、味も食感も柔らかい」

「豆腐と味噌《みそ》とジャガイモでソースを作ったんだ」

「この味、味噌だったんだ。しみじみとおいしいわ。で？　何事？　こんな体に優しそうな料理作ったりして、問題が起きる前触れじゃないわよね？」

「んなわけねえだろ」

「この穏やかさは妙よ。近々警察に呼ばれるとか、勘弁してよ」

おふくろは本当に心配しているようだ。まったく、実の親のくせに何を言ってるんだ。少々まともな生活を送ったところで、母親の不安すら消せやしないとは。俺はそんなに悪かったのだろうか。

「バイトしてんだよ」

「なんのって、なんの？」

「なんのって、こともねえんだけど」

「はっきり言えないようなおかしな仕事してるんじゃないでしょうね」

「まさか。まあ、なんつうかさ」

あまりのしつこさに俺がしぶしぶバイトの詳細を話すと、驚いたおふくろは「恐ろしい！」と絶叫し、「そんな怖いことよく引き受けたわね。大事なお子さんになにかあったらどうするの」と震え上がった。

そのくせ、俺しか頼める人がいない先輩の状況を説明すると、「あんたはできた息子だ。人を助けてこそなんぼだね」と目頭を押さえ、「それなら我が家で預かってあげよう」と出過ぎたことを言いだした。俺が説得しそれは何とかあきらめたものの、その後も鈴香の様子をおもしろそうに聞いていて、「あの中武君がしっかりお父さんになってるんだ」と感動したり、「そうそう、子どもってそうなんだよね」と共感したりした。

「そうだ！　夏だしさ、鈴香ちゃんになにかプレゼント買いに行こう」

鈴香のことをひととおり聞くと、おふくろはそう提案した。

「なんで、夏にプレゼントすんだよ」

「夏休みって、そういうもんじゃないの？」

「そういうもんじゃねえよ。誕生日でもねえのに、物与えるなんて、よくねえだろ」

「なに、まともぶってんのよ。なにも悪いことしてないのに、一番大好きな母親と会えないのよ。しかも、あんたみたいなガラの悪いのに毎日付き合わされてさ。少々甘やかしてあげたっていいじゃない」

おふくろはわけのわからない理屈を堂々と言うと、「料理なんて夜に作れば？　さあ、早く行こう」と勝手にショッピングモール行きを決定してしまった。

昔からどこかおおざっぱで、大胆なおふくろだ。一度決めてしまうと、行動に移さないと気が済まないところがある。まあ、そんな大まかな性格だから、俺みたいなのを育てられたのかもしれない。

「おい。おふくろと買い物なんてマジやばいから。離れて歩いてくれ」と俺が言うのも聞かず、ショッピングモールに着くと、おふくろは、「鈴香ちゃんなにが好きかな。一歳十ヶ月か。いろいろ興味出てくるころだよね」と足どりを弾ませた。

「だから、近づくなって」

「なにがよ。離れて歩いて、大声で話してるほうが変でしょう。それにしても、中武君がまじめになったって話、仕事先のおじさんたちからも聞いてたけど、家族を持ってるなんてね」

マイペースなおふくろにどう言ったって無駄だった。まだ昼過ぎだから誰にも会いはしないだろう。俺は周りを見回しながらおふくろとつかず離れずの距離を取って歩いた。

「でも、ああいうやんちゃな子ほど、早く身を固めるのよね」

「ああ、しかももうすぐ二児のパパだからな」

「本当、すごい変化だわ」

昔、先輩はよく家にも遊びに来て、たまにおふくろとも出くわすことがあった。悪かったときの先輩しか知らないおふくろにとっては、父親になったというのがものすごい出来事のようで、何度も「中武君もやるわね」と感心していた。

「なにこれ。最近のおもちゃってすごい」

おふくろはおもちゃ売り場に着くと、目を輝かせた。華やかなおもちゃから昔ながらのおもちゃまでずらりと並んでいる。

「母親がいないって言っても、なにも困っちゃいないんだぜ。おもちゃもいっぱい持ってるし、服もかわいいのたくさんあるしよ」

この調子だとおふくろは、大量に買いこみかねない。俺はしっかりと釘《くぎ》をさした。

「わかってるって。一つくらいプレゼントしてもいいでしょう。あんたが面倒見てる数週間、楽しく過ごせるものが必要だろうしさ。あ、これ、ままごとセットは？　女の子好きなんじゃない」

「ままごとはあるある。たくさん」

「じゃあ、これいいじゃない。お絵かきボード」

おふくろは絵を描いたら消せる磁石を使ったボードを指差した。

「同じようなのあったって」

鈴香の家にもお絵かきボードがあって、強引に描いて壊したのだろう。表面がぼこぼこになっていた。

「ぬいぐるみもやまほど持ってるぜ」

俺はぬいぐるみを手に取ったおふくろに先に忠告した。

「そうなると、なにがいいか難しいわね」

子どものおもちゃって、いろいろあるものだ。俺は棚にぎっしり並べられたおもちゃに目をやった。ぐるぐる回転する人形。これは子どもっぽいから、鈴香はちらりと見るだけで終わってしまうだろう。いかにも女の子が好きそうなおしゃれなドレッサーセット。やんちゃな鈴香には不似合いかな。お腹《なか》を押すと英語を話すピエロ。だめだ、こいつは顔が怖いから鈴香は泣くだろう。

生まれて二年も経《た》っていない鈴香の気持ちはシンプルで、それがそのまま顔や動きに出てくる。そのせいか、一週間しか一緒に過ごしていないのに、鈴香の反応は手に取るように想像できた。

俺があれこれ眺めていると、

「これ、積み木は？ どう」

と、おふくろが重そうな箱を抱えて見せにきた。

「ああ、積み木か……。そういえば、なかったたな」

「じゃあ、決まり！ あんたも積み木好きだったのよ。小さいころよく遊んでたわ。意外に器用でさ、二歳になるころにはなんやかんや作ってた。お城に車に、上手だったなあ。これ、木の感じが自然で素敵じゃない？」

おふくろが選んだのは、外国製のおもちゃらしく、木の色を生かしたきれいな色合いの積み木セットだ。派手派手しいキャラクターの絵が描かれているわけでもないし、先輩の家に勝手に増やしてもそれほど目障《めざわ》りにはならなそうだ。

「ああ、そうだな。じゃあ、それにすっか。ってか、八千円？　こんな木のかけらがそんなにすんのか？」

積み木の値札に驚き、ほかのおもちゃも見てみると、みんなそこそこいい値段がする。最近のガキはなんて高価なもので遊んでるんだ。

「こういうスタンダードなものって、長く使えるし。私が買うんだからいいでしょ」

おふくろはそう言って、大事そうに積み木を抱えると、さっさとレジに行ってしまった。

なんだよ。俺が金くれって言ったって、千円渡すのすら渋るくせに。って、ちょっと待てよ。おふくろだけプレゼントして俺はなしってのは具合悪いだろう。鈴香の面倒見てるのは俺なんだから。俺が選んだものが何もないってのは、かっこうがつかない。

俺はおふくろに先に行くと告げて、書籍コーナーへ向かった。鈴香の家はおもちゃやDVDは結構あるのに、絵本は二冊しかなかった。少しは本を読むくせをつけとかないと、俺みたいに教科書を読むのにすら苦労するようになっては困る。

絵本コーナーもおもちゃ売り場と同じく所狭しと子ども用の本が並べられていた。開けば絵が飛び出す仕掛け絵本、押せば音楽が鳴る絵本。最近の本はハイテクなものがたくさんある。だけど、昔ながらの素朴な絵のものもまだまだ多い。

『ねないこだれだ』『ぐりとぐら』『はらぺこあおむし』

ああ、なんか俺、持ってたな。ぱらぱらめくると、絵にぼんやりと見覚えがある本もある。さっと目を通してみると、意外におもしろい。

「ああ、懐かしい、ぐりとぐら。そのシリーズあんたよく読んでたわ」

俺が絵本に見入ってると、積み木を買い終えたおふくろが横にやって来た。

俺がよく読んでた本か。おもしろい本だけど、将来鈴香が俺みたいなやつになっても困るから却下だな。何がいいだろうか。鈴香は言葉が遅いと奥さんが心配していた。どうせならわかりやすく言葉が頭に入って来る本がいい。俺はよさそうな本を手に取っては、次々とめくった。

「これは、話が単調でつまんねえな」

「この話、結末がぶっ飛びすぎてるじゃねえか」

「なんだ、これ。絵も妙だし話も意味不明」

俺が真剣に選んでいると、おふくろはくすくす笑った。

「あんた、読書なんて全くしないくせに、よく偉そうに言えるわ」

「絵本ぐらいなら内容わかるからな。よし、これでいいだろう」

俺は選び抜いた一冊を手にした。動物たちと一緒にスープを飲んでいた男の子が、みんながスープをこぼすのを拭《ふ》いてやる話。言葉の響きもいいし、絵も優しげだ。これなら鈴香も喜ぶだろう。

「鈴香ちゃん、よっぽどかわいいんだ」

「そんなこともねえけど」

俺が包んでもらった本を満足げに手にすると、おふくろが言った。

「そんなにほくほくしちゃってさ。まあ、三歳くらいまでの子どもなんて、理屈抜きにかわいいもんね」

「そうなのかな」

体中を懸命に使ってちょこまか動く姿や、何を言ってるかわからない片言の言葉で必死に伝えて来る様子。そういうのは、子どもに興味がないやつでも、かわいいとしか思えないようにできている。全部が小さくて不安定で頼りなげで、こんな俺でもうっかり手を差し伸べたくなるのだから。

「そりゃそうよ。100%の勢いで頼ってくるんだもん。でも、全力でこっちを向いてくれる時期って、本当短いよね」

おふくろはしみじみと言った。見たこともない鈴香にこれだけ気持ちが入るのだ。おふくろは俺にだってたくさんの愛情を注いでいたはずだ。それなのに、後々こんなやつになるなんて思いもしなかっただろうな。自分の親ながら、少し気の毒になる。

高級積み木。選りすぐりの絵本。おいしい昼飯の作り方。休みの三日間、鈴香に会うために準備したものがどんどんとふくれ上がっていった。

9

連休明け、四日ぶりに会う鈴香は、先輩が出勤すると、また前と同じようにぐずぐずと泣きだした。きっと休み中は毎日病院に行って母親と会っていたのだろう。母親を恋しく思う気持ちに、俺が来て現実が始まったことへの失望が加わって。そりゃ、泣きたくもなる。鈴香はじっと座ったままで、顔を真っ赤にして泣いている。ただ初日とは違って、涙は流しているものの、やみくもに叫んだり転がったりはしない。鈴香は俺のことをちゃんとわかっていて、泣きながらも俺のほうをちらりと窺《うかが》っている。

「そりゃ悲しいよな」

俺は焦《あせ》らず、泣きやむのを待っていた。こっちには、いくつか準備がある。積み木に絵本にとっておきの昼ご飯。ひとしきり泣いて気がすんだら、きっと鈴香はうれしそうな顔を見せてくれるはずだ。

「よし、そろそろ開けようかな」

俺は鈴香の泣き声が小康状態になったのを確認すると、紙袋から積み木の箱を出した。泣いていたくせに、大きな箱が見えるとすぐさま鈴香は顔をこちらに向けた。

「さて。なに作ろう」

俺はさっそく積み木を手にした。鈴香が興味を示しているうちに何か作って見せてやりたい。それにしても、積み木なんて何年ぶりだろう。おふくろは俺が小さいころよく作ってたと言っていたけど、記憶にはない。正方形に三角に細長い積み木。いろんな大きさや形の積み木が三十個ある。これを組み合わせてできるもの。やっぱり家だな。

「まずは土台で、これが窓で、三角の屋根と。なかなかしゃれた家だろ」

単純な形だけど、見たことがないおもちゃだからだろう。俺がそっと積み上げていくのに、鈴香は泣くのを忘れて目を奪われている。

「次は高層マンションでも作るか」

俺は鈴香をびっくりさせてやろうと、次々と積み木を重ねた。高くなっていく積み木に鈴香は目を丸くしたままで、近寄って来た。

「ほらすごいだろう？　よし、屋根を載せてできあがり」

五十センチほど積み上げた上に、最後に三角の積み木を載せると、鈴香は「ぶんぶー！」と歓声を上げ積み木をどんと押した。

「おい、なにすんだよ。せっかく作ったのに」

俺が驚く横で、積み木ががらがらと音を立てて崩れるのを、鈴香は手を叩《たた》いて「でったー」と喜んでいる。

「なにができたんだよ。今ので壊れたんだぜ」

「でった、でった」

「だから、お前ができたのを壊したの。しかたねえな。今度は倒すなよ」

俺はもう一度積み木を積み上げて見せた。ところが、鈴香はまた最後の一つを載せたところで、積み木を押し倒した。

「お前、ひどいじゃねえか」

「でったー！」

鈴香は積み木がひっくり返る様子に、小さくジャンプして興奮している。

「おい、どんだけ乱暴なんだよ。積み木っていうのは、こうやって作って遊ぶんだ」

もう一度作り直しても同じ。鈴香は出来たとたん崩しては「でったー！」と手を叩いている。どうやら、そういう遊びと思っているようで、壊すだけ壊すとまた俺が積み上げるのをじっと待っている。

「だから、これは、倒すんじゃなくて積み上げるやつなの。お前に崩されるために作るとか、俺、むなしすぎるだろう？　そうだ、お前もやってみ。これ、積み木」

俺は鈴香の両手に積み木を持たせてみた。

「ついき！」

鈴香は俺から受け取った細長い積み木をしげしげと眺めていたかと思うと、カチカチと合わせて音を立て始めた。

「違うって、これはそうやって遊ぶんじゃなくて、ほら、こうやって上に載せて……」

俺がひとつずつ積み木をゆっくり載せて手本を見せてやっているのに、鈴香は音を立てるのに夢中でひたすら積み木をぶつけ合わせている。「だからー、あーもううるさい！」

積み木は結構な音がする。俺は「しー！　しー！」と言いながら、小さな家を作って見せた。

「これならお前も作れるだろう？　四角の上に三角のを載せるだけで、ほら家の出来上がり」

「でったー」

鈴香は俺が作った家を片手でひょいと押し倒すと、また積み木をぶつけ合わせた。

「お前、どんだけワルなんだ」

俺はため息をつきながらも、再挑戦した。せめて一つでいいから鈴香に積み木を積ませてみたい。

「ほら、この上に積み木を載せてみろよ。それを載せたら、家ができるんだぜ」

「ぶんぶー！」

鈴香は俺が積み木を渡しても、ぶつけて音を立てて喜ぶだけで、作品など作ろうともしない。

「お前、俺以上にたちわりいじゃねえか」

積み木の遊び方を覚えるのには、ずいぶん時間がかかりそうだ。まだ鈴香にはハードルが高いのだろうか。だけど箱には対象年齢一歳からと書いてある。鈴香より小さいやつが積み木をするのだ。だったら、負けちゃいられない。俺は根気強く、いろいろ作っては鈴香に見せた。鈴香は俺が何か作るたびに壊してははしゃいでいたけど、そのうちそれにも飽きてきたようで、俺が黙々と作るのを放って一人で遊び始めてしまった。

「おお、これ、すごくねえ？」

魚にトラックに船に動物らしきもの。結構な種類が作れるものだ。俺はずらりと並んだ自分の作品に我ながら感心して、鈴香に声をかけた。けれど、すっかり興味が薄れた鈴香は積み木をちらりと見ただけで、ジュージューとおもちゃのフライパンを揺すっている。

「なんだこれ。二人とも勝手に遊んでるって」

同じ部屋で一歳十ヶ月の鈴香と十六歳の俺が、それぞれ遊んでいる。あまりにおかしな光景に、自分で笑ってしまった。

「まあ、今日はこれぐらいにして、昼ご飯でも作るか」

積み木に夢中になっているうちに十一時を過ぎていた。鈴香に教えるのはまた明日だ。時間はまだまだあるから、そのうち家くらいは作れるようになるだろう。

「なんだよ。こういうときこそ一人で遊んでてくれよな」

俺が台所で支度にかかろうとすると、鈴香も一緒にやって来た。

「ぶんぶー」

「ったくお前は、今から俺は忙しいんだぜ」

そうぼやきながら、俺は鈴香にお玉を渡してやった。変わったものを持たせれば、しばらくはおとなしくなる。

鈴香がお玉を振り回し始め、俺はまな板と包丁を出した。白菜に人参に玉ねぎにほうれん草にジャガイモ。野菜を細かく切って炒《いた》めて、豆腐とひき肉を加える。鈴香用に細かく切る分、食材は早く火が通る。醤油《しょうゆ》とみりんと砂糖でうっすら味をつけて煮込んで、あとはとろみをつければ出来上がりだ。

「ジュージュー」

「もうすぐ出来上がるから。もうちょいお玉を振り回してろよな」

「ジュジュジュー」

お玉を振って遊んでいた鈴香は、醤油と砂糖の甘辛いにおいに惹《ひ》かれたようで、鍋《なべ》の中を見せろと俺の腕を引っ張った。

「あと少しだってば」

「ぶんぶー。ジュージュー」

「ああ、もう。しかたねえな。ほら、よいしょ」

俺は腕をしつこく引っ張る鈴香を片手に抱えた。鈴香はもう俺に抱きかかえられるのがお手の物で、うまい具合に俺の腕の中に収まっている。

「ジュージュー」

「うまそうだろ」

「いしー」

「そう。おいしいぜ。ここに、この片栗粉《かたくりこ》を入れて、とろっとさせるんだ」

「ジュー」

「じゃあ、お前、そのお玉でかき混ぜてくれ」

俺が頼むと、鈴香は満面の笑みで「ジュージュー」とうなずいた。

「おい、そっとだぞ。そっと」

鈴香は一人前にお玉を鍋の中でかきまわす。ただ、やみくもに動かすから豆腐がぐちゃぐちゃに崩れ出している。

「案外難しいだろう。よしもういいよ。出来上がりだ」

「でったー!」

「そう。上出来」

とろみをつけたものをご飯にかけて出来上がり。すき焼き風どんぶりというところだ。

「いただきますしろよ」

食卓に着くと、俺が無理やり手を合わせさせるのを振りほどいて、鈴香は「ぶんぶー」と皿をのぞき込んだ。早くくれということだ。作るのを見ていたからお腹がすいてしかたないようで、喉《のど》がごくんと動いている。

「わかった、わかった。熱いからふーふーしてからな」

俺が冷ましながら一口入れてやると、鈴香は「いしーっ」と言って、すぐさままた口を大きく開けた。

「確かにおいしいだな」

俺は鈴香に一口食べさせると、自分もご飯をかきこんだ。味は薄いけど野菜の甘味がよくきいている。

「ぶんぶー」

「はいはい。お前、食べるの早くねえ? ちゃんともぐもぐしろよ」

俺はそう言いながらも、口に入れてやった。おいしそうに食べられると、やっぱりうれしい。休みの間、いろいろ献立を考えてよかった。こんなふうに鈴香が食べてくれるなら試行錯誤したかいがある。

「いしー」

「ああ、いしーだな」

俺が一口食べる間に、鈴香は三口。鈴香のスピードになかなか追いつけやしない。

「お前、早食いは太るんだぜ」

「いしいしー」

「まあ、おいしいからしゃあねえか」

鈴香に合わせて俺まで大急ぎで食べ、あっけなく昼ご飯は終了となった。

昼食後、俺が絵本を開くと鈴香はすぐさま前に座って、わくわくした顔を見せた。

「お前、絵本好きなんだ」

「ほーん」

「そう。本。わかるんだな。よし、読むとすっか」

男の子が、ねずみとうさぎとくまと一緒にスープを飲むのだけど、動物たちが順番に腹や手や足にスープをこぼしてしまう。それを「きゅっきゅっきゅっきゅっ」と言いながら拭いてやるという話。

声を出して本を読むのなんて、小学一年生のとき以来だ。こっぱずかしくてやってられるだろうかと思ったけど、読みだすと案外平気なものだ。鈴香のほうに絵本を開いて、一ページ一ページゆっくり読んでやる。小学生のころは国語の授業のたびにだるいと思ったけれど、本読みってそんなに面倒なことでもない。

「はい、おしまい」

俺が満足して本を閉じると、鈴香は「ぶんぶー」と本を揺すった。

「ぶんぶー」

「なんだ？　終わったんだぜ？」

鈴香は俺のほうへ本をぐっと押しつけてくる。

「なんだよ、もう一回読むのか？」

「ぶんぶー」

「しかたねえな」

よっぽどおもしろい話に感じるのか、二度目も鈴香は目をしっかり開いて絵本を見つめながら聞いている。そんな真剣な顔をされると、ついついまじめに読んでしまう。

俺は一言一言間違えないように丁寧に読んだ。

「はい。今度こそおしまい」

「ぶんぶー」

読み終えると、鈴香はまた本を揺すった。

「嘘《うそ》だろう？　もう三回も、しかも相当真剣にじっくりと読んだぜ？」

「ぶんぶー」

「ったく、しかたねえな」

読み終えて最後のページを閉じると、鈴香に本を揺すられる。その繰り返しで、俺は何度も読む羽目になった。

「おい、これ、もう八回目だぜ」

さすがにばかな俺でも、話が空で言えるようになってきた。

「ぶんぶ」

「鈴香だって、この話の結末わかってきただろう？　何回読んでも一緒だぜ。こいつら何回もスープこぼしやがるし何回も拭いてやらなきゃいけない。で、おしまいだって」

「ぶんぶー」

　俺が絵本を置こうとすると、鈴香は俺の手に本の一ページ目を握らせた。早く読めと言っているのだ。

「ったく、なんなんだよ」

　俺が選んだ本を気に入ったのはうれしいけど、こう何度も読まされたんじゃたまったものじゃない。俺がだらだらと読み出すと、鈴香は「ぶんぶー」と叫んだ。

「俺だって疲れるっつうの」

「ぶんぶー」

「はいはい、ちゃんと読めばいいんだろう？　もううるさいやろうだ」

　俺はしぶしぶ本読みを繰り返した。スープを拭くときに出て来る「きゅっきゅっきゅっ」という効果音がおもしろいのだろう。何度も読むうちに、鈴香も真似《まね》して「きゅっきゅっきゅっ」と言いながら、聞くようになった。そのうち、次にスープを拭く場面が出てくるとわかると、手を叩いて喜んだ。こんな短い絵本で、どれだけ楽しめるのだろう。本当、子どもは単純だ。すっかり文章を覚えた俺は、鈴香のころころ変わる表情を見ながら何度も読んでやった。そして、二十二回目を読み出すと、ついに鈴香がうとうとし始めた。

「よし、いいぞ。寝てくれよー」

俺は声を低くして、ゆっくりゆっくりと本を読んだ。「きゅっきゅっきゅっ」で鈴香がはしゃぎ出したら困るから、そこはこっそり飛ばして読む。最後のページをそっと閉じて、「はい、おしまい」とささやくように言うと、鈴香はその声に誘い込まれるように、そのままことんと眠りに落ちた。

10

鈴香のもとに通い始めて、十日になる。最初はただ泣き叫んでいる鈴香を見ているだけで一日が終わっていたのに、今ではなんとなく流れのようなものも出来てきた。

朝行って積み木やままごとをして、昼ご飯。絵本を読んで昼寝。昼寝から起きてままごとやお絵かき、車のおもちゃなんかで遊ぶ。そうこうしている間に、先輩が帰ってきて俺の役割は終わり。余裕が出てきて楽にはなったものの、その分、ひととおりいろんな遊びをしても、時間を持て余すようにもなってきた。

「こんなふうに遊んでばっかで、いいんだよな」

昼寝から覚めてビスコを無心で食べている鈴香の横で、俺は奥さんが書いてくれたノートを開いた。ノートには鈴香の一日のスケジュールも書かれている。

七時三十分起床。朝ご飯。遊び、公園や支援センターに行く。十一時過ぎ昼ご飯。昼食後、遊ぶ。一時ごろ昼寝。三時におやつ。夕方、公園か一緒に買い物。夕飯。

「お前、いつも食べてるか、遊んでるか、寝てるかなんだな。でも、一日二回は外へ行ってたんだな」

俺がそう言うと、鈴香は「外」という言葉に反応して「とっと!」と言い出した。

「とっと。ああ、外な」

「とっと! くっくでとっと」

「靴はいて外か……。やっぱり一日家の中ってのは、退屈するよな」

夏で暑いとは言え、毎日家で過ごすのはよくない気もする。子どもは外で元気よく遊んでいるというイメージも強いし、俺だって小学校低学年のころまでは外を走り回っていた。

「そうだな……。よし、しゃあねえ、公園でも行くか」

奥さんの鈴香ノートには、すぐそばの公園の地図も書かれている。でも、いつもの場所で鈴香と顔なじみの人に会って、いろいろ聞かれるのは厄介だ。他にいい場所はないだろうかと考えて思いついた。ここから歩いて十分もかからないところに、大きな公園がある。すぐ隣りがグラウンドになっていて、中学のとき駅伝練習で使ったことがある。公園には芝生が植えられ、いくつか遊具もあったはずだ。あそこなら、木で囲まれて日陰も多く涼しいにちがいない。十分くらいの距離なら俺だって鈴香を連れて行けるだろう。

「鈴香行くか？」

俺が誘うと鈴香は大はしゃぎで、すぐさま玄関に向かった。

「おいおい。ちょっと待てよ。今準備すっからな」

この暑さだ。熱中症にでもなったら困る。俺は鈴香用の水筒に麦茶をたっぷり入れて、タオルと万が一のためにおむつも準備した。

「あとは、なんだ。とりあえず鈴香ノートも入れて、おしりふきもいるか。外で泣かれたら困るからビスコも入れてっと」

公園に行くだけなのに、結構な荷物だ。俺は奥さんの大きなかばんにあれこれ詰め込んだ。

「とっとー！」

待ちくたびれた鈴香はうるさく叫んでいる。

「わかった、わかった。待てよ。出かける前におむつを替えとこ」

俺は鈴香を寝転がらせると、さっさとズボンを脱がし、おむつを替えた。最初こそ戸惑ったおむつ替えだけど、三回ほどで難なくできるようになった。毎日のことだ。慣れさえすれば、鈴香の小便に手が触れたところで気にもならない。今は二十秒もあれば替えられる。

「とっと！」

おむつを替え終わると、すぐさま鈴香は玄関へ向かった。

「そう急ぐなよ。えっと、帽子だな。それと、靴はサンダルでいいか。なんだ、ちっこくて難しいな」

小さな足に小さな靴を履かせてやっているそばで、鈴香はドアを開けようとノブに手を伸ばしている。

「はいはい。お前は本当せっかちだな。さあ、出発。って、おいあぶねえ」

ドアを開けたとたん走り出そうとする鈴香の手を俺は慌《あわ》てて引っ張った。よっぽど外に出たかったのだろう、鈴香は体中を弾ませている。それを抑えながら、慎重にアパートの階段を下りていく。この勢いだと、いつ車道に飛び出すかわからない。俺は手をぎゅっと握った。鈴香の手は小さいから、親指と人差し指だけで、握れてしまう。

子どもの体って、先っぽまでどうしてこんなに柔らかいのだろう。ふんわりしていて温かくて、だけど、鈴香の意志でしっかりと動く手。そんな手を痛くないように、でも、離れないように握るのは、加減が難しい。俺が試行錯誤しているのに、鈴香は早く早くと引っ張っている。

「わかったから、ゆっくりだぜゆっくり」

「とっとー」

三時半を過ぎたところの太陽は溢《あふ》れんばかりに光を注ぎ、じりじりと熱い。足の裏もアスファルトの熱で焦《こ》げそうだ。少し動いただけで汗が噴き出しそうになるけれど、鈴香は気持ちよさそうにちょこちょこと走っている。俺のほうは手を引くために腰をかがめないといけないから結構つらい。

「ちょっと待てったら。こらこら、そんなもの触るなよ」

鈴香は歩道の上に転がっているペットボトルのふたを見つけてかがみこんだ。俺がぐっと手を引くと、次はよその家の花壇に手を伸ばそうとする。

「だから、触るなって。鈴香、この調子で行ったら日暮れんぞ」

鈴香は歩道の上をあっちこっち移動して歩くから、まっすぐに進まない。俺一人なら十分もかからない距離なのに、十五分を過ぎても半分にも達していない。

「ったく、どんだけ遠い公園だよ」

ふらふらする鈴香の手を引いて公園に着いたときには、四時になっていた。

「結構人いるんだな……」

公園に足を踏み入れようとして、俺は躊躇《ちゅうちょ》した。

中に何組か親子連れがいるのだ。鈴香より少し大きい男の子とお母さんがボールを転がして遊び、ブランコには赤ちゃんを膝《ひざ》の上に載せたお母さんがいる。砂場のほうでは女の子二人が遊んでいて、それをベンチでお母さんたちが見ている。

「やべえな」

俺はこないだゲームセンターで出くわした親子を思い出した。俺をちらりと見ただけで、逃げるように男の子の手を引いて去っていった母親。ゲームセンターでも逃げられるのに、公園だなんて場違いもいいところだ。俺なんかが入っていったら周りを戸惑わせてしまう。どうしようかと迷っていると、鈴香は俺の手をするりと離して勢いよく公園の中へ走っていってしまった。

「おい、待てって」

「ぶんぶー」

鈴香は男の子が転がしているボールめがけて走っていく。

「おい、こら、鈴香、それお前のじゃねえだろう」

俺が慌てて鈴香の肩をつかむと、

「あら、こんにちは。一緒に遊ぶ？」

と、男の子と遊んでいたお母さんが鈴香のほうにボールを投げてくれた。

「すみません」

「いいえ。おいくつですか？」

「えっと……」

お母さんは逃げ出さずに話しかけてくれてはいるけど、俺が若すぎることを怪しんでいるのだろう。十六歳で子連れはないか。ここは少しサバ読んで二十代くらいと言っておいたほうがいいなと思っていると、

「女の子かわいいですよねー。二歳くらいかな？」

とお母さんが微笑《ほほえ》んだ。

ああ、そっか。鈴香のことを聞いているのか。自分の年を答えそうになっていた俺は、ほっとしながら笑ってしまった。

「いや、まだ一歳です」

俺がそう答えると、お母さんは「一歳と？」と首を傾《かし》げた。

とってなんだ？　年に何か情報を付け加えないといけないんだっけ？　血液型？　星座か？　俺があれこれ考えていると、お母さんが「一歳と何ヶ月ですか？」と聞きなおしてくれた。

なるほど。小さい子どもは、一ヶ月単位で年を言うんだな。まだこの世に出てきたばかりの子どもにとって、一ヶ月は大きいようだ。

「一歳十ヶ月です」

「じゃあ、一年くらい違うかな。うちは来月で三歳になるんです」

「そうなんすか。って、こらお兄ちゃんにボール渡しなさい」

鈴香がボールを抱え込むのを、男の子が「ボール！　ボール！」と叫んでいる。

「いいのいいの。ボールおもしろいもんね。ほら、ポイして」

お母さんに言われて鈴香がボールをひょいと投げる。「じゃあ、行くよ」そのボールをお母さんが放り投げると、鈴香も男の子も一目散に走っていった。

「元気ー。上手に走りますね」

「ああ、まあ。えっと、男の子もいい走りっぷりです」

「そう？　うちは歩きだすのが遅くて、走れるようになったのなんて二歳過ぎてからなの。私に似て運動神経悪いかも」

「いや、そんなことないっすよ。柔軟な足の動きしてるし、長距離に向いてるんじゃないっすか」

三歳前の子どもの走力がどんなものかよく知らないけれど、男の子はしなやかな走りをしている。

「本当？　なんかそう言われると安心できちゃう。うれしい」

お母さんはそう笑った。三十過ぎだろうか。落ち着いた優しそうなお母さんだ。俺を見て何も思わないのか、にこやかに笑う顔には何の構えも感じない。

「あ、おい！」

ボールを追いかけていた鈴香は、拾うや否《いな》や放り投げると、次は砂場へ向かって走り出した。

「なんだあれ」

「ははは。これくらいの年頃ってみんなそうよ。あちこち楽しいから気になってしかたないのよね」

「すみません、失礼します」

俺はお母さんに頭を下げて、鈴香を追いかけた。

鈴香は「な、な、な」と言いながら、今度は砂場で山を作っている二人の女の子の間に割って入っていった。奥さんが人見知りはしないとは言っていたけれど、どれだけ縦横無尽に他人に近づいていくのだろう。

「こら、鈴香。お前はこっちで遊べよ」

俺が邪魔にならないように鈴香を抱きかかえて砂場の隅に移動させると、女の子たちが「赤ちゃんだ！」とそばに寄って来た。
四、五歳くらいだろうか。髪の毛をリボンで二つにくくった女の子と、麦わら帽子をかぶった女の子が、
「赤ちゃん、かわいい」

「ねえ、触っていい？」

と俺に聞いてきた。

「え？」

「だからー、赤ちゃん触っていい？」

「お、おお」

赤ちゃんって鈴香か。自分らもガキのくせにちょっと小さいだけで赤ちゃんに見えるんだな。俺が噴き出しそうになりながらも了承すると、女の子たちは「赤ちゃん！」と呼びながら鈴香のほっぺをぺたぺた触った。突然の歓迎に、さすがの鈴香も

表情を硬くして、じっとされるがまま立っている。

「ねえ、赤ちゃんミルク飲むの？」

「あ、ああ」

「赤ちゃんお砂好きなの？」

「そうなんだろうな」

「赤ちゃんはねんねしないの？」

「まあ、今はしねえだろうな」

女の子たちはいろいろ聞いては「すごーい」と言って、また鈴香のほっぺを触った。

「ごめんなさいねー。小さい子好きだから」

「触ってばかりいないで、小さいお友達も一緒にお砂で遊んであげなよ」

砂場横のベンチに座っていたお母さん二人がそう言いながら、俺のほうに寄って来た。

「あ、ああ、どうも」

あまりにみんなが気やすく声をかけて来るから、俺のほうが面食らってしまう。

「まだ、小さいですよねー。おいくつですか？」

「一歳十ヶ月です」

もちろん鈴香のことだ。俺はすぐさま答えた。

「この子たちはもう五歳だから三年も違うんだね。かわいいー」

「本当、おめめくりくりで。美人になるんじゃない？」

「いや、まあそうっすか」

鈴香のことはいえ、ほめられるとなんだか照れる。俺はへへへと頭をかいた。

「ねえ、赤ちゃんは、これ持てる？」

髪の毛を二つにくくった女の子がスコップを俺に見せた。よく日に焼けて活発そうな女の子だ。

「ああ、大丈夫。持てるぜ」

俺が答えると、「じゃあ、これを持って」と女の子は鈴香にスコップを渡し、もう一人の女の子と二人でせっせと穴の掘り方を教えだした。

「赤ちゃん、こっちを掘るんだよ。こうやって、スコップ入れて」

「そこの砂ぐちゃぐちゃにしたらだめだよー」

女の子たちが必死で説明しているのに、鈴香は聞きもせずざくざくとスコップを砂に突き刺している。

「もう、赤ちゃん。そこさしたら汚くなるでしょ」

「赤ちゃん、ちゃんとやって」

赤ちゃん扱いするくせに、女の子たちは高度なことを要求してくる。それでもかまってもらえるのがうれしいのか、鈴香は「ぶんぶー!」とはりきっていた。

「えらそうでしょう? 女の子はすぐ世話やきたがるもんね」

「幼稚園年長になってから、やたらとお姉ちゃんぶって、まいるわ」

大きな帽子をかぶったお母さんが、そう言いながら「座りましょうよ」と砂場横の日陰のベンチへ俺を招いた。

「暑いとなかなか外連れ出すのも、こっちがしんどいよね」

もう一人の眼鏡をかけたお母さんはどかっとベンチに座り、タオルで汗を拭いた。

「ああ、まあ」

当然のように二人の横に座れと促されることに戸惑いながら、俺もベンチに腰掛けた。

「でも、外で遊んで疲れさせたほうが、夕飯しっかり食べてくれるし、夜ぐっすり寝てくれるからね」

眼鏡のお母さんは日に焼けた女の子のお母さんだろう。口元とちゃきちゃきした口調がそっくりだなと俺が見比べていると、

「もうなんでも食べられるようになったころかな？」

と帽子のお母さんが聞いてきた。

「そう、そうですね」

「離乳食終わるとちょっと楽になるよねー。よく食べてくれる？」

「食うほうかなと思うけど」

俺は、大口開けて早く食べさせろと訴える鈴香の顔を思い浮かべながら答えた。

「いいじゃない。二歳前だったら、まだ昼寝してくれるよね？」

「まあ、よく寝ます」

「うらやましい。うちはとっくに昼寝しなくなったからさ、幼稚園休みの日は一日時間持て余すんだよね。おかげで親は休憩なしだよ」

眼鏡のお母さんがそう肩をすくめた。

「そうなんすか」

自然にお母さんたちの会話の輪に入れられていることにどぎまぎする。この人たちは俺を見て何とも思わないのだろうか。ピアスは外しては来たけど、金髪にだらしない格好。ずいぶん若いし、父親と思っているならこんな昼間にどうしたんだと不思議じゃないのだろうか。

「うちの子、最近、汚い言葉覚えてきてさ。すぐにばかとか言うようになって困ってる」

帽子をかぶったお母さんが言った。

「由奈《ゆな》ちゃんとこも？ きっと、幼稚園でみんな言ってるんだよ。愛も平気で言うよ。えっと……」

「あ、鈴香って言います」

眼鏡をかけたお母さんに顔を向けられ、俺はそう答えた。

「鈴香ちゃんはまさかばかとかは言わないよね。まだ話し始めたところだもんね？」

「ええまあ、でも、鈴香は言葉遅くて、わけのわかんないことばっか言ってます」

「ははは。そっかー」

「まだ、ママやパパも言わなくて……」

俺は奥さんが気にしていたことを口にした。周りはだいぶしゃべるようになってきたのに、鈴香が意味のある言葉を話さないと奥さんは心配そうに言っていた。

「そんなの大丈夫。突然しゃべるようになるから」

帽子のお母さんが力強く言って、

「そうそう、言葉って個人差大きいからさー。友達のところの男の子なんて、三歳過ぎても話さなくて心配してたら、突然、本読んでくださいとかって敬語で話し出したって言ってたよ」

と眼鏡のお母さんも付け加えた。

「マジっすか。あ、いや、本当ですか？」

「本当本当」

「言葉ってため込んでるっていうもんね。うちは二歳初めのころは食べ物の名前しか言わなくてさ。どんだけ食い意地はってるんだって話」

帽子のお母さんが言って、みんなで笑った。

そうか。ここで話されているのは子どものことだけだ。誰も自分のことは話していない。公園では子どもが主役なのだ。俺が金髪だろうと、若かろうと、関係ない。

「あ、上手じゃん」

「すごい穴掘ってるよ」

帽子のお母さんが、鈴香を指さした。

「本当だ」

「でったー！」

鈴香はみんなに注目されたのに気づいたのか、スコップを持った手を掲げてからうれしそうに拍手をした。

「うわ、かわいい。今の時期って一番いいよね」

「本当、戻ってほしい」

お母さんたちは鈴香に拍手で応《こた》えてくれながら、しみじみと言った。一番いい時期。この先どんな時期がやってくるのかはわからないけれど、確かに拍手をして俺の顔を自慢げに見ている鈴香はいじらしかった。

その後、ブランコに走っていく鈴香についていき一緒に乗って、芝生の上を走る鈴香を追いかけて、すべり台をすべって。日差しも少し弱まりかけたころ、ようやく帰ることになった。

ところが、あんなに元気いっぱいに走り回っていたくせに、公園を出たとたん、鈴香はだっこーとせがんできた。

「なんだよ、お前、あんなに遊んでたじゃねえか」

そう言って手をつなごうとすると、鈴香は手を振りほどいて「だっこー」と俺の足につかまってぐずり出した。

「マジかよ。俺、お前より疲れてるんだぜ」

「だっこー」

「俺、脱水症状で倒れそうなんだって」

鈴香の飲み物は持って来たけど、自分の物は用意していなかった。鈴香を遊ばせるだけのつもりだったから、こんなに自分が動いたりしゃべったりするとは思わなかったのだ。途中、公園近くのコンビニに飲み物を買いに行こうかと思ったけれど、鈴香を置いていくわけにはいかず、かといって夢中で遊んでいるのに連れて行くのも気が引けた。おかげでずっと喉がからからだった。すぐそこのコンビニにすら行けないのだ。子どもが一緒だと、すんなりと人の輪に入れたりするけど、五分ですら自由に動けない。

「まったくやっかいだぜ」

鈴香は一歩も動く気がないというのを主張するように、俺の足に腕を回してじっとつかまっている。手を引いて歩くのは時間がかかるし、抱っこして歩くのはくたびれる。どっちもたいへんだけど、今は何より俺の体が水分を欲している。

俺はぐっしょり汗で湿っている鈴香を抱きかかえると、家へと急いだ。

11

「おい、鈴香、座って食えよ」

ここのところ、慣れてきたのか鈴香は昼ご飯の途中に椅子《いす》から下りて食卓の周りをぐるぐる回るようになってきた。そのくせ、

「腹減ってねえのかよ」

と片づけようとすると、そばに寄って来て大きな口を開ける。

「お前、どんな食い方だよ。そんなやんちゃだと大きくなったら俺みたいになっちまうぜ」

どう言ったって、鈴香は気にもせず「とっとっとー」と言いながらふらふらと歩いている。

最初はあんなに警戒していたくせに、今は俺になれきって言うことなど聞きやしない。今朝だって、丁寧に何度も積み木を教えてやったのに、俺の作品を壊しては喜んでいるだけだった。こんなにも俺をびびりもせず受け入れているやつは見たことがない。わずか十日で、完全に相手に近づいてしまえるなんて子どもってすごい生き物だ。

「座れって。おいこら、机に上がるな」

俺は食卓によじ上ろうとした鈴香を抱きかかえて、椅子に座らせた。

「お前、筋金入りのワルだな。俺も相当だったけど、飯のときに机に乗ったりはしなかったぜ」

「ぶんぶー」

「ぶんぶーじゃねえよ。ほら、冷めるだろう。さっさと食ってそれから遊べよな」

俺は豆腐のドリアを鈴香の口に入れてやった。鈴香は「いしーっ」と言いながらほおばるだけほおばると、また「とっとっとー」と椅子から抜け出した。

「いい加減にしろよ。なんなんだよ」

本当にふざけたやつだ。子どもというのはみんなこういうものなのだろうか。それとも、鈴香がひときわ落ち着きがなさすぎるのだろうか。電話で話したとき、奥さんに聞いておけばよかった。

奥さんは毎日夕方に電話をくれた。鈴香がよく食べるようになったこと、絵本を気に入ったこと。そんなことを話すと奥さんは喜んでくれた。病院のベッドからだから五分も話せないし、思い出して寂しがるだけだからと鈴香には替わらない。そんな貴重な電話だ。奥さんを心配させるようなことなど話せるわけがなかった。

昨日は、公園に行った話をすると、「鈴香は外が大好きだから。でも、たいへんだったでしょう。本当にありがとう」と何度もお礼を言ってくれた。今朝、先輩にも「大田が連れまわしてくれたおかげで、夜ぐっすり寝てくれて助かったわ」と感謝された。連れまわされたのは俺のほうだけど、みんなも喜ぶし、公園は悪くない。

「鈴香、ちゃんと食べて、お昼寝したら公園行こうな」

俺がそう言うと、鈴香は大きな口を開けて寄って来た。

「ちゃんと食べるって、座って食うことを言うんだぜ」

「ぶんぶー」

鈴香は椅子に座るのが面倒なのか、俺の膝の上にどかっと座った。ふわふわ細い髪の毛が俺の顎《あご》の下で揺れる。クーラーが効いているとはいえじっとり暑いのに、その柔らかさやつるっとしたなめらかな肌のせいか、体温の高い鈴香にくっつかれても不快感はまったくない。

「なんだよ。どこでも座ればいいってもんじゃねえだろう」

「ぶんぶー」

「まあ、立ち食いよりはいいか」

「ねー」

「何がねーだ。調子のいいやつだ」

俺はため息をつきながら、残りの豆腐ドリアを膝の上の鈴香に食べさせてやった。

「やっぱりな。なんか臭《にお》うと思ったら、お前寝ながらうんちしてたのかよ」

昼寝から覚めた鈴香のおむつを開けると、柔らかいうんちが広がっていた。

「あーあー。こりゃ、早く拭《ふ》かねえと、尻《しり》荒れちまうな」

始末の仕方は奥さんに教わっている。俺はそっと鈴香の足をつかんで軽く持ち上げると、おしりふきを広げお尻にあててやった。こすると痛いだろうから、押さえるように丁寧に拭いていく。

「これできれいになっただろう」

何枚かシートを替え拭いてやると、鈴香が心地よさそうな顔をした。

「ぶんぶー」

「すっきりしたようだな。っと、まずはこの臭いの、捨ててくっか」

俺は脱がせたおむつを手にしてから、自分の手際《てぎわ》よさに笑ってしまった。今手の中にあるのは、うんちだ。今まで触ることなんて、絶対にできなかったはずだ。

「慣れって、怖《こえ》えな」

さっぱりした鈴香はもう公園に行こうと手を叩《たた》いている。

「ぶんぶ。とっと」

「わかった、わかった。本当、お前は勝手なやつだ」

さっさとおむつを片づけ鈴香にズボンを穿《は》かせると、今日は俺の水分補給用にアクエリアスもかばんに入れて、いざ公園に向かった。

公園では、昨日と同じ女の子たちが砂場で遊んでいて、芝生では兄弟が追いかけっこをしている。昨日とは違う親子連れも何組かいるけど、俺は鈴香の保護者でしかない。なんとも気楽な立場だ。昨日一日ですっかり戸惑いがとけた俺は、鈴香に引っ張られるままますんなりと公園に入った。

「あっどうも」

ここでは挨拶《あいさつ》をするのがあたりまえのようで、近づくとみんな「こんにちは」と声をかけてくれる。

「こんにちはー」

芝生を走り回っていた男の子たちも、俺と鈴香に大きな声で挨拶をした。

「こんにちは。おい、お前もあいさつしろよ」

そう言うと、鈴香は「ちわー」と言いながら、すべり台に向かって走っていった。

目的を見つけたときの、鈴香の足は速い。体を揺らし不安定な走りながらも、俺の小走りと同じくらいのスピードだ。

「今日は最初から大物に挑戦するんだな」

俺はすべり台の梯子《はしご》を上る鈴香の後ろに立った。落ち着きがないかわりに運動神経がいい鈴香は、小さい体で梯子を上がっていく。

「うわあ、上手に上りますね」

男の子の手を引いたお母さんが、鈴香を見ている俺のそばにきた。

「そうっすね」

「おいくつですか?」

年齢を聞くのが子連れでいるときのお決まりのようだ。

「一歳十ヶ月です」

「近いですね。うちは一歳七ヶ月になったところです。ほら、ゆう君もやりなよ」

二十代前半だろうか。まだ若そうなお母さんが男の子の背中を押す。でも、男の子はすべり台の真下に立ったまま、梯子を上ろうとはしない。

「こわがりで困ってるんです」

「ああ、そうなんだ」

ゆう君と呼ばれた男の子はすべり台の上の鈴香を見ている。すべり台は幼児向けの小さなもので、五段ほど梯子が付いているだけだから、鈴香は平気な顔で上から手を振っている。

「気をつけて滑れよ」

俺が言うと、鈴香は自分で「しゅーしゅー」と効果音を立てながら滑った。短いすべり台は一瞬で終わり、鈴香は地面に着くと、「でったー」と手を上げた。

うらやましいのだろう。ゆう君は鈴香の様子をじっと見てから、お母さんの顔を見上げた。

「滑りてえんだな。上ってみれば？」

「そうだよ。ほら、ゆう君」

俺とお母さんが言うのに、ゆう君は黙ったまま、すべり台を見つめているだけだ。

「ぶんぶー！」

滑り終わった鈴香はまた梯子を上りに来た。

「男の子なのに臆病《おくびょう》でしょう。あ、気にせずどんどん滑ってね」

鈴香はじっと立っているゆう君の前を通ると、また梯子を上り始めた。

「そうだ、一緒に上れば？　鈴香ちょい待って。ぼくも行くって」

先に誰かがいると梯子の上り方もわかりやすいはずだ。俺は鈴香を止めると、「一緒に行こう」と男の子の手を梯子の下まで引いてやった。

「そんじゃ、二人で出発だな。鈴香、一段ずつゆっくり上ってみ」

「ぶんぶー」

鈴香が大きく足を上げて梯子を上りだすと、ゆう君も一段目に足をかけた。

「お、やるじゃん。一緒だと怖くねえもんな」

「しゅーしゅー」

鈴香がゆう君のほうを振り返って声を出す。

「そうだな。しゅーしゅーするんだよな。鈴香もう一つ上がって」

鈴香は「しゅーしゅー」と言いながら、もう一段足を進めた。だけど、ゆう君は続こうとはしなかった。

「ゆう君、足上げてここに載せてごらんよ」

お母さんが梯子の二段目に足を引っ張ろうとすると、ゆう君は一段目から離れまいと手すりをぎゅっと握った。

「ほら、ゆう君、お友達は上っていったよ。追いかけてごらん」

「上ったら楽しいぜ」

「さあ、足動かして。ゆう君、滑りたいんでしょう？　止まってたって、楽しくないよ」

「ほら、早く。ちょっと足上げたら上れるよ。がんばって」

お母さんが一生懸命言うのに、ゆう君は立ち尽くしたまま、泣き出してしまった。

「もう男の子なのにいやになる。泣くことないでしょう」

お母さんが梯子から抱き上げると、ゆう君は上れないくやしさからか、怖かったからか、お母さんの肩に顔をうずめてしゃくりあげた。

「不思議でしょう。いつも最初の一段は上るんだけど、次が進まなくて」

「そうなんすか」

「一歩踏み出せたら、あとは簡単なのにね」

お母さんはゆう君の背中を撫《な》でながら、首をかしげた。

いや、きっと、最初の一歩を踏み出すよりも、その後のほうがたいへんだ。何も知らないから、初めは案外踏み込める。でも、そこがどんなところかわかった後、どう動くかは難しい。

「一段目で高くなることがわかるから、二段目はもっと怖くなっちゃうんだよな」

俺がそう言うと、そのとおりだとでも言いたげに、お母さんの肩に顔をうずめたままゆう君は頭をこくりと縦に振った。

「ぶんぶー!」

忘れていた。らしくもなく四段目できちんと待っていた鈴香の声が聞こえた。

「おお、まだいたんだな。わりい、わりい。しゅーしてくれ」

俺が言うと、鈴香はしゅーしゅーとご機嫌に滑って、そのまま砂場へと走っていった。

「おい、待て待て」

「すごく活発ですね。いいなあ、元気で」

「やんちゃで困ります」

「また、遊んでくださいね」

「はい。またな、ゆう君」

俺は顔を隠したままのゆう君に声をかけると、鈴香を追いかけた。

砂場に近づくと、また昨日の女の子たちが「赤ちゃん」と言いながら鈴香に寄って来た。

「赤ちゃんと遊んでいい?」

「ああ、いいよ」

「赤ちゃん、またお砂する？」

「ぶんぶー」

鈴香はそう言っただけなのに、

「お砂したいって」

「やっぱりね」

と女の子たちは鈴香の手を引いて砂場の真ん中に座らせた。

「こんにちはー。ごめんねー。おもちゃみたいに」

「いえ。鈴香も喜んでます」

「本当、子どもは子どもが好きだよね」

昨日のお母さんたちが、女の子たちと同じように、自然に俺を間に入れてくれた。

「こう暑いとまいるよね」

「本当っすね」

砂場は上に藤棚《ふじだな》があるおかげで木陰になっていて、幾分涼しい。その横のベンチで子どもの様子を見ながらしゃべるのが、このお母さんたちの日常のようだ。

「赤ちゃん、帽子ずれてるよ」

そう言って、帽子を直してくれた女の子に、眼鏡のお母さんが、

「赤ちゃんじゃなくて鈴香ちゃんっていうんだよ。愛こそ、帽子かぶりなさい」

と、リボンがたくさんついた水色の帽子を差し出した。だけど、女の子は暑くないもんと知らんぷりしている。

「帽子、全然かぶりたがらなくて困ってるの。かぶせてもすぐに脱いじゃって。由奈ちゃんも鈴香ちゃんも嫌がらない？」

「うちはおしゃまだから、鏡見てはりきってかぶってるよ。自分で帽子が似合うと思ってるの」

昨日と同じ大きな帽子をかぶったお母さんがそう笑って、俺も、

「とくに嫌がらないっすね。出かけるの好きだから、帽子かぶったら外に行けると思ってるみたいで」

と答えた。

「そっかー。鈴香ちゃん昼寝もするし、手がかからない、いい子だね」

愛ちゃんのお母さんはいいなあと言いながら、水色の帽子でパタパタと顔を扇《あお》いだ。

「だけど、最近、鈴香が……」

「なになに、どうしたの？」

「いや、あの、ご飯のとき、座らなくて困ってるんすよ」

「わかるー！　愛も幼稚園行き出して、やっと座って食べるようになったぐらいだよ」

「そうそう、二歳くらいの食事ってさ、たいへんだよねー」

お母さんたちは二人とも、大いに同意してくれた。困ったことをちょっと口にすれば、みんなが思いっきり乗ってきてくれる。ほかの子どももそうなんだと聞いて重荷が取れた俺は、

「鈴香、落ち着きがなくて、食べてはテーブルを回って、また一口食べてって感じで、じっとできないんすよね。最初の五分座ってればいいとこで、最悪なときなんかテーブルに上ろうとするし」

と、鈴香の食事の様子をこまごまと話した。

「そんなの、みんなそうだよ。ね」

「そうそう。子どもなんて遊ぶほうが大事だもんね。うちはどんどんエスカレートしだしたから、立ち上がったら、ごちそうさまねってご飯を片づけるようにしてたな」

由奈ちゃんのお母さんが言った。

「効果あるんすか？」

「どうかなあ。その効果か、ただ時期が来ただけなのか、二、三週間ほどしたら座るようにはなったけどね」

「それぐらいしないとだめなんだろうねー。よくはないと思いつつ、うちは追いかけながらでも口に入れてた。愛は食べるの好きじゃないからさ、食べなくてもいいなら食べないってなりそうで。おかげで夕飯とか二時間近くかかるの。もうこっちがへとへと」

愛ちゃんのお母さんは話しながら思い出したのか、ため息をついた。

「二時間?! マジっすか。鈴香十五分くらいで食っちまうな。やっぱ、あいつ早食いなんだな」

「鈴香ちゃん食べることは好きなんだよ。いいことだよね。由奈は座りはするけど、未《いま》だに好きなもの以外はしぶしぶ食べてるって感じで、見てるといらいらしちゃう」

由奈ちゃんのお母さんが顔をしかめた。

「食事って、たいへんなんすね」

俺はやれやれと苦笑した。あたりまえの日常の行為のはずなのに、ご飯一つ食べさせるのに、みんな苦労しているのだ。

「まあ、そのうち、あれ? 普通に食べるじゃんって、時期がやってくるよ」

「二歳ぐらいがなんだかんだって一番手がかかるもんね。でも、その分、かわいいでしょう？　おいでって言ったら、こっちに夢中でかけてくる姿なんてたまんないもんね。もう少ししたら、子育てもちょっと楽になるよ。今がふんばりどきだから、がんばって」

愛ちゃんのお母さんが俺の肩を叩いた。

奥さんの鈴香ノートにも、「おいで」と言って手を広げると、大喜びでとんできますと書いてあったから、一度試してみたことがある。でも、「おいでー」という呼びかけに、絵を描いていた鈴香はだらだらと俺の前にやってきて腕に飛びついたもののすぐに戻っていってしまった。夢中でも大喜びでもなく、お決まりだからやるという感じで、しぶしぶ飛びついてきた鈴香の姿にショックを受けた俺は、それ以来やっていない。だけど、この時期の子どもはみんな「おいで」と言われるのが好きなようだ。前よりも俺と鈴香は近づけている。またやってみようかと考えていると、

「今じゃ、おいでって言ったって、なんでー？　だもん。ま、本気で親だけを頼ってくれるのなんて、二、三歳くらいまでだしね。一日でいいから二歳に戻ってくれないかなあ」

と由奈ちゃんのお母さんが笑った。

　鈴香の今は、そんなにも貴重な時期なんだ。それを離れていないといけないなんて、奥さんはたまらないだろうな。その一方で、俺は自分の子どもでもないのに、鈴香のそばで過ごせている。なんてラッキーなんだと思いそうになって、頭を振った。俺はどれだけおめでたいやつなんだ。強引にとんでもないバイトを押し付けられただけじゃないか。

「いやいや、たいへんっすよ。マジで、本当に」

　俺が言うと、

「確かに過ぎたから言えるだけで、二歳のときは戦争だったね。でも、そんな力強く言わなくても」

「うん、心からの叫びを聞いちゃった」

　とお母さんたちはけらけらと笑った。

　ここに来れば、年齢も見た目も職業も何も関係ない。子どもを通せば、全然共通点のない人と話がはずんだりする。こうしてお母さんたちと笑っていると、自分が高校生だということもどうしようもない不良だということも、忘れてしまいそうになる。

　みんなで笑っていると、鈴香が「どーじょ!」と出来上がった泥団子を俺のところへ持ってきた。

「くれるのか？」

「どーじょ」

「おお、サンキュー」

俺が泥団子を受け取ったまま手のひらに載せていると、

「赤ちゃん、食べてほしいんだよ！」

と由奈ちゃんに言われ、

「早く食べてあげたら」

と愛ちゃんにもせかされた。

「これ泥だろ？　食えねえだろう」

と俺が驚くと、

「こうするんだよ」

「もぐもぐもぐって」

と二人して食べるふりの仕方を教えてくれた。

「なるほどな。もぐもぐもぐ、あーおいし」

俺が口のそばに団子を近づけると、鈴香は「いしー！」と喜んだ。

「赤ちゃん、もっとお団子作ろう！」

「おじさん、お団子大好きなんだって」

「おじさんって誰だよ。俺はまだ十六歳だ」と言い返しそうになって、言葉をのみこんだ。

鈴香と共にいる俺は、れっきとしたおじさんなのかもしれない。

「ぶんぶー」

服を砂だらけにした鈴香は二人に連れられて、また砂場の真ん中へ戻っていった。しっかりして見える二人だって、鈴香みたいな時期があったのだ。鈴香が特別に落ち着きのない筋金入りのワルじゃないとわかっただけでもいいとしよう。

「っていうか、俺、団子好きじゃねえからな」

泥団子を食べるふりをするのは面倒くさい。はりきって団子をたくさん作っている三人に俺は慌《あわ》てて声をかけた。

12

七月も最終週となった。奥さんが帰ってくるまであと十三日。このバイトも半分を過ぎたのだ。絶対に無理だと思いながらも引き受けたのに、いつの間にか、ここに来るのが俺にとっての日常になっている。

厄介なことも多いけど、子どもを相手にするのはシンプルでいい。うれしいに悲しい、楽しいにつまらない。そういった感情を鈴香はすぐに顔に出す。鈴香の表情そのものが鈴香の気持ちなのだ。本当は何を考えているのだろう、俺のことをどう思っているのだろう。そんなことを勘ぐる必要はまったくない。鈴香が俺をすんなりと受け入れているように、俺も何一つ構えることもつくろうこともなかった。というよりも、鈴香と一緒にいると、目の前のこと以外に気を回す暇などない。そのせいなのだろうか、ここで過ごす時間は意外なほどに居心地が良かった。

土日明けの月曜日。二日空けたブランクもなく鈴香は俺が到着するとすぐに手を引いて、おもちゃのフライパンを渡してきた。

「ぶんぶー」

「今日はままごとからすんだな。じゃあ、これ炒《いた》めてくれ」

俺がフライパンにマカロニを入れてやると、鈴香は一人前の顔で「ジュージュー」とおもちゃのスプーンでかき混ぜだした。

「いろいろわりいな。積み木や本もそろえてもらってるうえに、昼も作ってもらってさ」

　先輩は身支度をしながら、俺に頭を下げた。

「全然いいっすよ」

「バイトしてんのに金かかっちゃしゃあねえな」

「俺が好きでやってるだけなんで、気にしないでください」

　俺は本当のことを口にした。金がかかることも、昼食を作る手間も何の苦にもならなかった。

「本当、大田に頼んで大正解だった。バイト代はずみまくるからな。ほんじゃ、行ってくる。鈴香、行ってきます」

「バイバーイ」

　鈴香はままごとのフライパンを揺すりながら先輩に手を振った。

「なんだよ。片手間に見送りやがって。じゃ、大田、よろしく」

「気をつけて」

　先輩は以前より軽い足取りで出勤するようになった。鈴香が泣かないというだけで、みんなの気持ちはずいぶん楽になる。

「よし、じゃあ、次は赤いマカロニも炒めてくれ」

俺は玄関まで先輩を見送ると、鈴香のフライパンの中に違う形のマカロニを入れてやった。

「ジュージュー」

「おいしいの作ってくれな」

「いしーの」

「そうおいしいのな」

鈴香はフライパンをかき混ぜたり、マカロニをおもちゃの皿に移したりして忙しく遊んでいる。俺は横に座って、奥さんのノートを開いた。最初はみっちり相手をしていたけれど、隣にいて、時々声をかけて、鈴香に求められたときに一緒に遊べば十分だということがわかってきた。

奥さんのノートはもう三回読み通した。最初は意味のわからない言葉も多いし、こまごまと書かれていて読む気もしないと思っていたけれど、いつも一緒にいる鈴香のことが書かれているのだ。読みだすとおもしろかった。

鈴香は基本面倒くさがりでおおざっぱだけど、変なところが神経質で、靴下がずれたりTシャツの裾《すそ》が捲《まく》れていると嫌がります。

そうそう。鈴香は乱暴者のくせして、俺がサンダルを履かせたり、帽子をかぶせたりするときにほんの少しずれてるだけで、不服そうに「ぶんぶー」と訴えてくる。

大胆で人見知りはしないけど、変なものを怖がります。大きすぎるぬいぐるみとか、電子音の鳴るおもちゃとか。

それに、信楽《しがらき》焼きの狸《たぬき》も怖がるんだよな。公園へ行きしな、狸の置物を置いている家の前を通るとき、なぜか鈴香は耳をふさいで「バイバーイ」と言う。目を閉じるならまだしも、耳をふさいだところで怖さは軽減されないし、「バイバイ」と別れを告げても狸はどこにも行ってくれない。それでも、体を縮めながら小さな手でぎゅっと耳を押さえている姿がいじらしくて、俺は何度も「大丈夫だって」と言ってしまう。

鈴香はブランコが大好きで、公園ではブランコばかりで、ほかの物には見向きもしません。一緒に乗るとこっちが酔って気持ち悪くなるから気をつけてください。

奥さんがこのノートを書いたときはそうだったのか。今じゃ、砂場がメインだ。子どもなんて二週間もあれば変わってしまう。俺を見て泣き叫んでいた鈴香が、俺が横にいるのを確かめながら黙々と遊ぶように。

二歳前の子どもだ。生活にはいつだって母親が共にいる。あたりまえだけど、奥さんは誰よりも鈴香のことをよくわかっていて、このノートには鈴香についてのほとんどが書き記されている。

だけど、それがすべてじゃない。絵本をまだまだ読んでもらいたくて眠いのに目を大きく開けて元気なふりをする鈴香。公園で夢中で遊んでいても、ちらちら俺の居場所を確認する鈴香。積み木で俺が作った作品を壊しては俺の反応を待ってにやにやする鈴香。そんな顔はきっと俺しか知らない。そう思うと少し優越感のようなものを覚える。けれど、同時に早く奥さんにも鈴香のいろんな顔を見てもらいたくなる。

一とおり読み返して、最後のページ。いつもどうすべきなのか戸惑う。

ノートの最後には、万が一のことがあれば連絡してください。と奥さんの実家の住所と電話番号が書かれている。

奥さんは、親には結婚してから一度も連絡を取っていないと言っていたし、先輩も奥さんの実家とは関係が切れていると話していた。緊急事態や困ったことが起きて、親に伝えないといけないことが出てくるかもしれないから、とりあえず連絡先が書いてあるだけなのだろう。

でも、俺は奥さんや先輩の今を知り、鈴香のことを知ったうえで、この連絡先を目にしている。何かするべきなのではないだろうかと思ってしまう。

病院からくれる電話で、奥さんが、「親だからできるけど、大田君、まだ高校生なのに本当にごめんなさい」だとか、「母親なのに鈴香のことほったらかしで申し訳ない」などと、話すときがある。考えすぎかもしれないけれど、心なしか「親」という響きに重みがある。その言葉を発するとき、奥さんの頭の中には自分の親の姿が思い浮かんでるのではないかと勘ぐってしまう。どんないざこざがあったとしても、せめて鈴香や今度生まれてくる子どもの存在くらい、伝えたほうがいいんじゃないのだろうか。

いや、話したくもないから連絡を取っていないのだ。先輩も奥さんももう大人だ。自分たちで考えて動いている。たった何日間か鈴香の面倒を見ているだけの俺がそこに割り込むなんてよくない。それこそよけいなお世話だ。俺はいつもどおり自分にそう言い聞かせてノートを閉じると、部屋の隅に移動して「おいでー」と鈴香に手を伸ばした。

今日二回目の「おいで」に、遊んでいた鈴香はぱっと顔を上げ、全力で走ってきてくれた。

愛ちゃんのお母さんが言っていたとおり、飛び込んでくる姿はたまらない。何がそんなにうれしいのだろうと不思議になるくらいに、おいでと言っただけで明るくなる顔。体中をこっちに向けてまっしぐらに走ってくる様子。その姿を見ると、面倒なことだってどこかに飛んで行って、俺の心も弾む。だから、用もないのに何度だって呼んでしまいたくなる。

なんだろう。この気持ち。女の子を好きになったときと似ているだろうか。

中学二年生のとき、俺は同じクラスの結衣《ゆい》を好きになった。結衣はとにかくかわいくて、勉強もそこそこできるまじめなやつで、俺みたいなのが受け入れられるかと心配したけど、告白するとあっさりOKしてくれた。たぶんあれが初めての恋愛だ。結衣と付き合いだしてから俺もそれなりに学校に行くようになって、毎日一緒に下校をした。あのときは、結衣と歩けるだけで、話せるだけでうれしかった。

あの感じとどこか似てる気もするけど、別物だ。結衣といるとドキドキしたけど、どこか苦しかった。どこまで本当の俺でいたらいいのか、ずっと不安だった。それに反して、走り回る鈴香にハラハラはさせられても、ドキドキはしないし、まして不安になることはない。鈴香と一緒にいて「本当の自分」なんて考えすら出てこない。

結局、結衣とは三週間と持たなかった。サボり癖が染《し》みついていた俺は、結衣のためとはいえ毎日ちゃんと学校に行くことに疲れてしまったのだ。

その後、何度か同じように一ヶ月と持たない恋愛のまねごとのような関係はあったけど、長く女の子と付き合ったのは、高校に入ってからだ。一年の夏から、二年の初めまで他校の女子と九ヶ月ほど付き合った。

斉藤みやび。高校生活に嫌気がさして、ぶらぶらすることが多くなったころ、よくショッピングモールや駅前のファストフード店で出くわした。そのままなんとなく話すようになって、いつの間にか恋愛関係になっていた。俺に似たところもあって、気楽に一緒にいられたし、他に楽しいこともなかった俺は、みやびとくっついているときだけ救われる思いがした。冬休みにバイトで貯《た》めた金で欲しがってたネックレスを買ってやったし、迎えに来てと頼まれれば夜中にバイクを走らせることもしょっちゅうだった。けれど、俺が何かをしてもらったことはない。別に見返りを求めていたわけじゃないけど、そう思いだしたころから、細かいことが気になるようになった。大口を開けて笑った後に出るしゃっくり。ボロボロこぼしながら食べる姿。無意識に鼻をいじる癖。そんな細かいことが目につくたびに、こいつ、実はかわいくねえなと少しずつ気持ちがさめていった。

おむつだって替えてやってるのだ。鈴香なら、どんな姿を見たって何も変わらないだろうし、何かを返してもらおうなんて思いもない。そもそも、鈴香がくれるのは泥団子くらいのものだ。

恋なんてふんわりしたものとは違う、もっと体の奥から湧《わ》き出てくる力強い気持ち。今まで知らなかったそんな気持ちが、俺の心を弾ませ揺すぶり動かしている。

昼寝から覚めると、鈴香は「っとっとー」と叫んだ。

「なんだよ」

鈴香の大きな声に、隣でうとうとしていた俺が寝ぼけながら慌てて体を起こすと、鈴香は「とととーくっくっく」と一生懸命に訴えている。

「靴はいて外か？」

鈴香は俺の問いかけに大きくうなずくと、ご機嫌に玄関を指さした。

「お前って、すげえやつだな。起きたとたんに、外に行けるなんて」

俺は鈴香にせかされながらかばんに必要なものを詰め込んで、あちこち走り回る鈴香の手を握って公園に向かった。

木が茂っているとはいえ、八月が目の前の公園は太陽が遠慮なく差しこみ、蟬《せみ》がけたたましく鳴いている。それでも、子どもがいると家に閉じこもってはいられないのだろう。公園にはいつも何組かの親子がいた。今日は愛ちゃんと由奈ちゃんにゆう君。それに、初めて見る女の子が三人いて芝生でお母さんたちと鬼ごっこをしている。楽しそうに走っているのを見てじっとしていられなくなったようで、鈴香は公園に入るとすぐに鬼ごっこしている女の子たちの中に混ざって走り始めた。三歳くらいだろうか。愛ちゃんや由奈ちゃんよりは少し小さいけれど、しっかりとした足取りで走っている女の子たちは、鈴香が加わるのをいやそうな顔もせず、「こっちだよー」と手を振ってくれた。

「鈴香、気を付けて。邪魔するなよ」

「ぶんぶー」

鈴香は俺の言うことになど耳も貸さず、女の子たちと走っている。

お母さんたちが鬼になって追いかけているようで、女の子たちは捕まっては、「きゃー」と声をあげて喜んでいる。捕まっても抱っこされるだけだから、みんな本気では逃げていない。みんなより一回り小さい鈴香は鬼ごっこの意味もわからず、ただ周りをちょろちょろと走っているだけだけど、みんなの歓声と一緒に手を上げて「きゃっきゃ」と喜んでいた。お母さんたちは鈴香のことも時々、「つかまえたー」と言って、肩にポンと手を置いてくれた。捕まったくせに、鈴香はお母さんたちに触れると、「でったー」と拍手をした。

鈴香は何かスポーツをしたほうがいいな。人といるのも好きそうだから陸上とかより、バスケとかバレーとかみんなでできるスポーツのほうが向いているだろうか。などと考えながら鬼ごっこを眺めていると、急に鈴香が泣き出した。

「どうした？」

のんきに芝生に座り込んでいた俺は慌てて鈴香のほうに駆け寄った。

「どこか痛い痛いしたのかな？　どうしたのかな？」

鬼ごっこをしていたお母さんたちも、足を止めて鈴香のそばに来てくれた。こけてもいないし、誰ともぶつかってはいないはずだ。

「鈴香、痛いんじゃないよな？」

俺は鈴香の前にしゃがみ込んで、顔や体を確かめてみた。擦り傷もないし、汗で顔はべたべただけど、どこも痛めてはいないようだ。

「ぶんぶ……」

鈴香は、みんなの顔を見回すと、ぐずぐず泣きながらも歩き始めた。

「すみません、大丈夫です」

俺はお母さんたちに頭を下げると、鈴香の後ろをついて歩いた。

「鈴香、どうした？　暑いのか、お茶か？」

俺は鈴香の手をとって歩くのを止めると、かばんからお茶を出して口に含ませてやった。

「ぶんぶー……」

鈴香は一口飲んだものの、泣き止《や》まずまたうろうろと歩きだした。そんな様子に気付いたのか、「どうしたの？」「大丈夫？」と砂場にいた愛ちゃんと由奈ちゃんが走って来てくれた。

「ああ、大丈夫だろうけど……」

鈴香は泣き叫ぶのではなく、きょろきょろ辺りを見回しながら静かに涙をこぼしている。さっきまであんなにはしゃいでいたのに、どうしたのだろうか。

「暑いからじゃない。少し日陰に入れてあげたほうがいいよ」

由奈ちゃんのお母さんが鈴香が座れるようにベンチをあけてくれ、由奈ちゃんと愛ちゃんが「こっちこっち」と鈴香の手を引っ張ってくれた。

「子ども用のスポーツ飲料あるけど飲むかな？」

愛ちゃんのお母さんはかばんから小さなペットボトルを出して渡してくれた。

「すみません。ありがとうございます。ほら、鈴香一口もらおうか？」

俺は鈴香をベンチに座らせると、口のそばにペットボトルを近づけた。だけど、鈴香は首を振って涙をこぼすだけだ。こんな泣き方は見たことがない。いつもなら、大きな声を上げて、体中で不快感をあらわにして泣くはずだ。初め俺を拒絶していたときも、昼ご飯を食べたくないときも、泣くときの鈴香はだいたい叫んでいるし、泣いていても力強い。

「体調は悪くなさそうだけどね……。もしかしたら、蚊に刺されたんじゃない？」

由奈ちゃんのお母さんが鈴香の額に手をやって熱を調べた後、腕や足を見てくれた。けれど、刺された跡はないようだ。

「ぶんぶー」

「おい、鈴香どこに行くんだ？」

鈴香はベンチから立ち上がると、またふらふらと歩きだした。ブランコに向かうわけでも、すべり台に向かうわけでもない。ただ泣きながらうろうろと歩いている。

「どうした？　帰りたいのか？」

俺は声をかけながら、そっとあとをついて歩いた。まだ少ししか遊んでいない。それなのに、どうしてしまったのだろう。

鈴香がしくしく泣きながら歩き回るのに、

「小さいのに、みんなと一緒になって走ったから疲れたのかな？　追いかけすぎたね。ごめんね」

と、さっき一緒に遊んでくれたお母さんがまたこちらへ来てくれた。

「しんどくなっちゃったかな？」

お母さんがしゃがんで鈴香の顔をのぞき込むと、鈴香は見られたくないのか、顔を手で覆《おお》って首を振った。

「鈴香ちゃん、ほら、いいのあったよ。これ、食べる？　アンパンマンのクッキーだよ」

愛ちゃんのお母さんもお菓子を持ってそばまで来てくれたけど、鈴香は見向きもせずさらにうつむいて首を振るだけだった。

「ぶんぶー」

鈴香は小さくそうつぶやきながら、首を何度も何度も横に振っている。ああ、そうだ。鈴香は疲れたのでも帰りたいわけでもない。

「そっか……。そうだよな。本当、ぶんぶーだよな」

どうして気づかなかったのだろう。今日まで公園に来て鈴香が泣かなかったことのほうが不思議だ。

「本当、すみません。大丈夫なんで、みなさん遊んでください」

俺はお母さんたちに丁寧に頭を下げると、鈴香をひょいと抱きかかえた。小さな鈴香の体。最初は不安定で触れるのにすらどぎまぎした。それが、いつの間にか左腕に抱えるだけで、鈴香が勝手に俺の肩に手を回すようになった。今では、柔らかい鈴香の体は俺の腕にぴったりフィットして、ちょっとのことじゃ落ちそうにもない。この十キロの重みも俺の腕にはちょうどいい。

「ぶんぶー」

俺の肩に顔をうずめた鈴香は消えそうな声で言った。

「そうだな。ぶんぶーだよな」

俺は鈴香を抱えながら公園をぐるりと見渡した。

ここにいる子どもたちにはみんなお母さんがついている。お母さんたちは子どもと遊び子どもを見つめ、子どもたちはお母さんに楽し気な顔を向ける。それを見て、鈴香が寂しくならないわけがなかった。今まで遊ぶことに夢中だった鈴香も、余裕が出てきたせいか、一昨日、昨日と、病院でいっしょに過ごしたせいか、お母さんのことを思い出してしまったのだ。お母さんたちに追いかけられている女の子たちを見て、自分の母親を探し始めたのだ。消えそうな静かな泣き声。突然不安と寂しさがやってきて、たまらなかっただろう。

俺の腕の中で、鈴香はまだ「ぶんぶーぶんぶー」と唱えるようにつぶやいて泣いている。

奥さんがここにいたらこの寂しさも不安も一瞬でふっ飛ぶだろう。母親の力は本当に偉大だ。いくら抱きしめても、俺は母親にはなれない。だけど、今は俺の時間だ。俺が鈴香を託されているのだ。寂しい思いを抱えたまま、我慢させるわけにはいかない。

「なあ、鈴香。残念だけど、俺はお前の親じゃねえ。でも、俺、たぶん、いや、明らかにダントツにどの親より、若いし、運動能力は飛びぬけてるぜ」

俺はそう言うと、抱きしめていた鈴香を持ち上げ、肩に跨《また》がらせた。そして、突然体勢が変わって驚いている鈴香の腰から下をしっかりとつかむと、「さあ、行くぜ!」とスタートを切った。誰よりも速く、誰よりも豪快にこの公園を走ってやるんだ。そう意気込んだ俺は、鈴香がぐらりと揺れるのにひやっとした。鈴香は足先まで固くして俺の頭にしがみついている。そうだ。俺が乗せているのは、まだまだ不安定で小さな子どもだ。なんでも強引にやればいいってわけではない。俺は勢いよく飛び出しかけた体を抑えて、静かに足を進めた。

「ひゃあー」

鈴香は、最初はこわごわと俺の頭にしがみついていたけど、そのうち風を切る気持ちよさに、高いところから見える景色に、「ひゅーひゅー」と歓声をあげだした。

子どもはうらやましいくらいに単純だ。楽しいことがあれば、嫌なことをあっけなく忘れることができる。目の前の出来事に、気持ちをすぐに切り替えることができる。母親がいない寂しさくらいどこかにいってしまうほど、楽しませてやろう。俺は、鈴香の呼吸に合わせるように少しずつスピードを上げて、公園を大きく回った。鈴香は大喜びで、大声ではしゃいでいる。

「よし、もう一周行くぞー」俺は鈴香のうれしそうな声にさらに足を進めた。ゆるいジョグ程度の速さでも、鈴香を乗せていると結構体に来る。だけど、進めば進むほど鈴香の重さや、この暑ささえ気持ちよくなってくる。よっぽどおもしろいのだろう。鈴香も俺の頭にしっかりつかまりながら、何度も「でったー」と叫んだ。

そのうち、愛ちゃんや由奈ちゃんが、「次、私も！」「ずるい！　替わって」と追いかけてきて、鬼ごっこをしていた女の子たちやゆう君も近づいてきた。みんなが集まって来るのにうれしくなったのか、鈴香は「ぶんぶーひゅー！」とご機嫌に叫び、俺は息を切らしながらも、もう一周した。

「よし、休憩」

公園は、一周200メートルはある。十キロある鈴香を乗せて三周したら、さすがに肩が痛い。俺が大きく息を吐きながら鈴香を下ろすと、「次、愛だよ！」と愛ちゃんが俺の背中を引っ張った。

「なんだそれ」

「それじゃなくて、愛！　早く乗せて」

「その次、由奈だからね」

愛ちゃんと由奈ちゃんは、芝生に座り込む俺をせかした。

「ちょい待てって」

「待てないー」

愛ちゃんと由奈ちゃんが俺のTシャツを引っ張り、その横で鈴香も「ぶんぶー」と言っている。

「なんなんだよ。俺、乗り物じゃねえから」

「鈴香ちゃんだけずるいよ」

「だから、なんでお前らまで肩車しなきゃなんねえんだ？」

「なんでもなの」

「そう。早くー！」

愛ちゃんも由奈ちゃんもどう言ったって聞きそうもない。

「ったく、しゃあねえなあ……。よし」

俺は気合を入れると、愛ちゃんを肩に背負った。愛ちゃんは鈴香よりだいぶ重いし、体もがっしりしているから肩にずしりと来る。だけど、いつも鈴香が遊んでもらっているのだ。たまにはお返ししないとな。

「うわーすごーい！　高い高いだ！」

「一周だけな」

俺がそう言うと、「その代わり、速い速いしてね」と愛ちゃんがリクエストした。すでに肩が痛くなりつつあるけれど、俺は「よっしゃ」と掛け声をかけ、鈴香のときと同じように公園を回った。

「すごーい！　こんなの初めて！　すごいすごい！」

愛ちゃんは大興奮で俺の肩の上で何度も叫んでいる。鈴香はその様子を見て、「でった－」と拍手をして大喜びのようだ。

「はい、終了」

「じゃあ、私！」

元の場所に戻って俺がへたり込むと、ひょいと飛び降りた愛ちゃんの代わりに、すぐさま由奈ちゃんが乗っかってきた。

「お前ら俺をなんだと思ってんだ？」

「はい、シュッパーッ！」

由奈ちゃんは勝手に威勢よく言うと、俺の頭にしっかりとつかまった。

「勝手なガキだな」

俺はよっこいしょと自分に声をかけて立ち上がると、よろよろと歩き始めた。背中では、由奈ちゃんが「さっきより遅い！」と怒っている。

そんなのあたりまえだ。三人も肩車したら、疲れるにきまっている。けれど、不公平になっても悪い。俺は自分を奮い立たせて、足を必死で動かした。

「うわーすごいね！　やっほー」

由奈ちゃんは俺がへとへとなのも知らず、気楽に叫んでいる。

「よし到着。もう終わりだ、終わりー」

五歳の子どもを立て続けに乗せるのはつらい。俺は由奈ちゃんを下ろすと、ごろりと芝生の上に寝転がった。ところが、そんな俺の顔を、ゆう君や鬼ごっこをしていた女の子たちがじっと見ている。

「あのさ……俺、肩車が趣味なわけじゃねえから」

俺がそう言うのに、女の子たちは「私たちも乗りたい」とふくれ、ゆう君はうらやましそうな顔をこっちに向けた。

「いやいやいや、普通肩車したら疲れんだろ？　休ませろよな」

「ずるーい」

女の子たちは三人口をそろえた。

「どうずるいんだよ」

「ぶんぶー！」

鈴香はみんなが俺の取り合いをしてるのにどこか誇らしげで、早くやってあげてというように手を叩《たた》いている。子どもって、自分の都合しか考えてないから参る。だけど、どの親よりもすごいところを鈴香に見せてやらなきゃな。

「わかった、わかった。本当ガキって強引だな」

俺はかばんの中からもうぬるくなったアクエリアスを取り出し、一口飲んで軽くジャンプをすると、名前も知らない女の子を肩に乗せた。

「よし、行くとすっか」

腰にずしりと来るのを感じながらも一回りすると、次の女の子が当然のような顔で待っている。まったく、なんなんだこれは。でも、女の子たちは「すごいすごい」と喜んでいるし、どうやらやるしかないようだ。

「次はお前だな。しっかりつかまってろよ」

俺は女の子三人を続けて肩に乗せて、公園を回った。「大田は走るのに向いている」中学校駅伝のとき、言われた言葉をまた思い出した。誰かに待たれると走らずにいられない。そういう性分はあるようだ。

「よし、次はゆう君だな。乗るだろ？」

俺は背の高い女の子を下ろして、ゆう君の前に背中を向けてしゃがんだ。

ところが、「乗っていいよ」と声をかけても、ゆう君は静かにじっと立っているだけで動こうとはしない。すべり台と同じように、俺の肩に跨るのも怖いのだろうか。

「じゃあ、ゆう君、手伝ってやっから、俺の足の上を歩いて上がってきてみ」

俺はゆう君の正面に立つと、脇《わき》の下に手を入れてぐっと持ち上げてやった。ゆう君は「わーー」と言いながらも、俺の膝《ひざ》の上まで小さな足をちょこちょこと運ばせる。

「そうそう。いい感じ。もう少し上に来たら、肩に乗れるぜ」

俺がさっきより力を入れて持ち上げると、ゆう君は不安定な体勢ながらも自分で上ろうと足を動かした。

「よっしゃ。いいぞ」

俺は太ももに足をかけたゆう君を上に引き上げると、そのまま抱え上げくるっと回して肩に座らせてやった。

「うわ」

「大丈夫、怖くねえだろ?」

「うん」

ゆう君は俺の髪の毛を容赦なくがっしりと握りながら小さく答え、

「すべり台より難しい俺を上れるなんて、上等だぜ」

とほめてやると、小さな声を立てて笑った。

「ゆっくり行こうか」

と慎重に歩き始めると、ゆう君は「もっともっとー!」と言った。上ってしまえば、怖くなんかないようだ。

「本当かよ」

「もっともっとー」

「じゃあ、行くとすっか」

俺は少しずつ歩幅を広げて歩いた。これで七人目の肩車だ。さすがに体の隅々が重く動きにくくなっている。でも、最後には「もっとー！」と言うゆう君の掛け声に押されて、残った力を振り絞って走った。

「よし終了！」

今度こそ本当に終わりだ。膝が震えて、腕も腰も重くなっているし、首がつって痛い。ゆう君を静かに下ろすと、俺は手も足も大きく広げて、芝生の上にあおむけに寝転がった。

「ぶんぶー！」

「おお、鈴香、もう俺動けねえから」

鈴香がねぎらうように頭をぺたぺた触るのに、俺は乱れまくっている呼吸の合間をぬってそう言った。ジョグにもならない速さだったけれど、子どもたちを落としちゃいけないと慎重に走ったせいか、変に力んだ体はよけいに疲れている。

「ぶんぶー」

「やっぱ、俺、走るのだけは得意なんだな。よいしょ」

なんとか息を整え、体を起こすと、

「すごいよねー。最初はひやひやしたけど、肩車上手」

「そう。子どもの呼吸に足がうまく合ってるのよね。やっぱり若いだけある！」

「さすがだわ」

とお母さんたちが拍手をしてくれた。

「いや、マジふらふらっす」

思いがけず拍手を送られ、俺は頭をかいた。

「こんなものしかないけど。今コンビニで買ったところだから冷たいよ」

座り込んでる俺に、愛ちゃんのお母さんがポカリスエットを差し出してくれた。

「ああ、ありがたい」

俺は遠慮なく受け取ると、一気に飲み干した。水分がぐんぐんと体に吸いこまれていくのがわかる。ああ、この感じ。しばらく忘れていたけど、たまんない。すべて使い切って体が空っぽになっていく感覚。そして、また隅々まで新しいものが入ってくる感覚。あのころは、もっと頻繁にもっと激しく味わっていたのだ。

「なんだよ、お前は肩に乗ってただけじゃねえか」

鈴香も俺の横にちょこんと座って、さっき愛ちゃんのお母さんにもらった、子ども用のスポーツ飲料を飲んでいる。えらそうに一人前の顔をしてペットボトルをくわえている姿に俺は笑ってしまった。

「いいなー。鈴香ちゃん」

「本当、愛も毎日おじさんと遊びたい」

「いつもおじさんがいたら楽しいだろうなー」

みんながうらやましがるのに、鈴香はうれしそうに「ぶんぶー」と俺の顔を見上げた。

13

「鈴香、今日はちゃんと座って食べろよ」

「まーす！」

食卓に昼食を並べると、鈴香は威勢良く手を合わせた。

今日の昼ご飯は、パン粉と玉ねぎをたくさん入れたふわふわのハンバーグだ。時間をかけて丁寧に何度もこねて、鈴香好みの甘めのソースで煮込んでやった。

「どうだ。おいしいだろ？」

「いしー!」

鈴香はハンバーグを小さな口にほおばると、ほっぺをぺたぺた叩いて喜んだ。いつも、最初は調子よくきちんと食べる。

「よし。いい子だな。はい」

俺が口に入れてやるたびに、鈴香は「いしー」と繰り返した。よっぽどハンバーグが気に入ったようで、人参《にんじん》とほうれん草を細かくしたものが入っているとも知らずに、鈴香は夢中で食べている。

「いいぞー。さあ食べよう食べよう」

動きたくなくなるくらいおいしいものを作ろうと、いつもより時間をかけて作ったご飯だ。これなら最後まで鈴香もおとなしく食べてくれるだろう。俺はどうか立たないでくれと心の中で唱えながら、どんどん鈴香の口にハンバーグを運んだ。

「いしいしいしー!」

「だよなー。俺も食べるか……。おお、いけるじゃねえか」

子ども向けに作ったハンバーグは肉の食感は足りないけど柔らかく、甘めのソースも昔から慣れ親しんだ味でおいしい。俺は鈴香の口に運ぶ間に、自分もハンバーグを口にした。

「いしー」

「ああ、おいしいよな」

「いしー、とっとー」

「おい、とっとじゃねえよ」

鈴香はパクパクと食べていたくせに、三分の一ほど残したところで、いつものごとく椅子《いす》から出ようと足を動かし始めた。

「まだごちそうさまじゃねえだろ？　おいしいんだったら、ちゃんと味わって食えって」

「とっとー」

俺は立ち上がろうとする鈴香の足を押さえながらスプーンを口に向けた。

「おいこら。動かず食えよ」

「とっとー」

鈴香はハンバーグを食べながらも、体中くねらせて俺が押さえるのを振りほどこうとする。まったくどうしようもないやつだ。

「お前、どんだけふざけてるんだ。そんなことじゃ、大きくなったら俺みたいになっちまうぜ」

由奈ちゃんのお母さんが言っていたように、「もうごちそうさまだな」と片づけようかとも考えたけど、せっかくまだ食べようとしているんだ。そこまでしなくてもいいだろうと思ってしまう。

「さあ、もう少しだ。ちゃんと食べろって」

最初は足を押さえられながらも食べていた鈴香も、じっとしていられなくなってきたのか「ぶんぶー」と叫びだした。

「なんだよ。食えよ。おいしいだろう？」

「ぶんぶー」

「ほらさっさと食っちまおう」

「ぶんぶー！」

鈴香は動けないことが耐えられないらしく、大きな声で叫ぶと、目の前のスプーンを手で払いのけた。その勢いで、スプーンは床に転がり、ハンバーグのソースがべたりとついた。

「おい、汚ねえじゃねえか」

俺が布巾《ふきん》で床の上を拭《ふ》いていると、鈴香は半分泣き声を混じらせながら、「ぶんぶ」と訴えてきた。

「何が嫌なんだよ。おいしいもの食べてるのに、どうしてじっとできねえんだよ」

「ぶんぶ」

「ああ、こんなとこまで汚しちまって。って、おいあぶねえ」

俺が服に飛び散ったソースを拭いてやろうとすると、鈴香は体をそらしながら拒否し、そのまま椅子ごとひっくり返った。

「おい、大丈夫か？」

小さな椅子と一緒にじゅうたんに倒れただけだから、どこも痛くはないはずだ。それなのに、鈴香は床に転がったのと同時に堰《せき》を切ったように泣き出した。

「ぶんぶ」

「ほら、鈴香」

俺が起こしてやろうとしても、鈴香は首をぶんぶん振っている。

「いったいどうしたいんだよ」

「ぶんぶー！」

「泣いてたってしかたねえだろ」

「ぶんぶ」

何を言っても、鈴香はごろごろと転がりながら泣くだけだ。

「なにが嫌なんだ？」

丁寧に作ったものを慎重に食べさせていたのに暴れられるのだから、泣きたいのはこっちだ。

「ぶんっぶ」

「お前、意味わかんねえやつだな」

「ぶー」

鈴香は泣きながら足をバタバタさせ始めた。こうなるとなかなか泣きやまない。ただ昼ご飯を食べていただけなのにどうしてこうなるのだろう。

「なにが不満なんだよ」

「ぶんぶー」

「ご飯が嫌なのか？ 食べたくねえのか？」

「ぶんぶー」

「だから、ぶんぶばっか言ってて、わかるわけねえだろう」

「ぶんぶー！」

「ぶんぶーじゃなくて、お前、言いたいことがあればちゃんと言えよ」

なんだこれ。俺は自分で放った言葉に、眉《まゆ》をひそめた。俺が何度も何度も言われて

きた言葉じゃないか。「うざい」「しばくぞ」「死ね」俺がそういう言葉をはくたびに、教師はこぞって、

「うざいじゃわからないだろう。思っていることをちゃんと言いなさい」

と言った。

あのころの俺の言いたいことは何だったんだろうか。もちろん、うざいや死ねと言いたかったわけではない。だけど、その奥に何か伝えたいことがあったのかと聞かれれば、そうではない気もする。不安や不満やいら立ち。どうしていいかわからないそれらを前に、ただ、吠《ほ》えたかっただけなのかもしれない。鈴香はどうだろう。あのころの俺と同じように、持て余した気持ちが、何かのきっかけで爆発しているのだろうか。

相変わらず鈴香は泣き叫びながら転がっているだけで、どうしてほしいのかなんて読み取れやしない。ただ、鈴香の泣き声を聞きながらでは、食欲がわかないのは確かだ。

「ったく。俺もごちそうさまだな」

俺も食べるのをあきらめて、鈴香の横に寝転がった。いつもうまくいくわけじゃないし、思いどおりになんて物事は運ばない。子どもを相手にするというのはそういう

ことだ。けれど、このまま鈴香がずっとうろうろしながらご飯を食べるようになっても困る。

おいしい食事を用意したところで、うまくいかないとなれば、どうすればいいのだろう。由奈ちゃんのところみたいに早々に片づけるのがいいのだろうか、早く食べられるように量を減らすのがいいのだろうか。それとも、椅子に体を固定させるようにしたほうがいいのだろうか。いや、あれこれ手を考えるより、もっと根本的なことなのかもしれない。

俺の頭の中を、公園のお母さんたちのことがよぎった。あそこにいるお母さんたちはそろいもそろって、いい人ばかりだ。会えば必ず挨拶《あいさつ》をしてくれ、何かあれば声をかけてくれ、自分の子どもでなくても泣けば心配し手を貸してくれる。たまたまあの公園に、朗らかで気遣いができる人たちが集まっているのだろうか。まさかそんなわけはない。

きっと、どのお母さんも、どこかで良い人間であろうとしているのだと思う。子どもにそうあってほしいと望むから、自分も礼儀正しく快活で、公平にみんなに気を配っているんじゃないだろうか。子どもに何かを示すには、それにふさわしい人間でいようとしなければならないのかもしれない。

「子どもって本当大人の顔色見るのうまいよね」と、お母さんたちはよく言う。鈴香だって俺のことをどこかで見透かしているのじゃないだろうか。

不良でどうしようもない俺の言葉など、何の説得力もなくて当然だ。好き勝手やっている俺が、ご飯一つ座って食べさせられなくてもしかたない。「俺みたいになったら困る」と言ってるやつの言うことを聞く子どもなんて、いるわけがない。

だからと言って、突如良い人間になれはしない。でも、あのお母さんたちみたいに正しくあろうとすることは、手の込んだ料理を作ることより有効なのかもしれない。どうすればいいのかは思いつかないけど、俺の中でひっかかっているものくらいはクリアにしたほうがいい。

「面倒だけど、しかたねえな」

転がりながら泣いていたくせに、もううとうとし始めている鈴香を見ながら、俺はそうつぶやいた。

14

「あれ？ お前だけ？」

だだっ広い音楽室には、サックスを抱えた和音が隅のほうで一人座っていた。

「はあ……」

和音は突然俺が入って来たことに一瞬驚いたようだけど、相変わらず長い前髪の奥から、ため息のようなか細い声で返事をしただけだった。

今日の朝、先輩に二時間出社を遅くしてもらって、高校まで走って来た。終業式の日にかばんに押し込んだままになっていた、間違って渡されたプリント。それが少し気になっていたのだ。和音から俺に返せなどと言えないだろうし、きっとカーニバルの段取りがわからなくて困っているはずだ。プリント一枚返したところで、俺の言うことに説得力が出るわけでもない。だけど、和音がおろおろしているのを知りながら放っておいて、鈴香にまともなことをさせようとするなんて、虫が良すぎる。

「これ。通知表に挟まっててさ」

俺はプリントを和音に差し出した。

「はあ……」

「はあ、ってこれ、いるだろう？　うきうきサマーカーニバルのお知らせ」

「はあ……」

「これ、お前のだろ？　吹奏楽部のプリントだぜ？」

「ああ、あの」

「あのなんだよ」

「あの」

和音は声も小さいし、「はあ」と「あの」しか言わないうえに話すスピードまで遅いから、なかなか会話にならない。

「あの、どうした？」

本来の俺なら投げ出して帰るところだけど、日ごろ「ぶんぶー」で訴えて来る鈴香に鍛えられている。俺は気長にかまえて聞き返した。

「いや、その……」

「その？」

「そのプリント、また、もらいました」

「は？」

「プリント、クラブで先生がまたくれました」

「あ、ああ、そうなんだ」

俺はずっこけそうになった。わざわざバイトを遅らせて学校に来たら、これだ。俺がまともなことしようとしたって、空回りするのがおちだ。

「すみません」

和音は消えそうな声のまま、深々と頭を下げた。

「いや、別にお前が悪いわけじゃねえから」

「はあ……それは……」

「ったく、ばかだな俺」

俺は目の前の椅子にどっかと腰かけた。家から高校まで走って十五分。たいした距離じゃないけれど、むだに走って来たと思うと疲れが出る。

「……わざわざ……すみません」

「いや、ないと困るだろうと思っただけだから」

「はあ……すみませ」

「俺が勝手に気をまわしただけだ」

俺は謝ろうとした和音を遮ってそう言った。

「はあ……すみません」

「だから、いちいち謝るなって」

「はあ……」

「っていうかさ、吹奏楽部って何人いんの？」

和音がまた頭を下げようとするのに、俺は話題をかえてそう聞いた。いつまでたっても、人が来る気配はない。

「はあ……どうでしょう」

「どうでしょうって、お前、部員数知らねえの？」

「はあ……いるにはいると思いますが……ほかの人は見たことないような」

「見たことねえって、そんなでクラブできんのかよ」

中学校の吹奏楽部ですら、二十人近く部員がいた。一人しか参加してないなんて俺が入ってた陸上部よりひどいじゃないか。

「はあ……サックスは一人でも吹けますし……」

「そりゃ、楽器はだいたい一人で演奏できんだろうけどさ。よくまあ、そんなクラブ入ったな」

「はあ……そりゃどうも」

ほめたわけでもないのに、和音はまた頭を下げた。長い髪がそのたびにずしりと揺れて、見ているほうが重苦しくなる。

「っていうことはだぜ、このうきうきサマーカーニバルって、お前一人で演奏すんの？」

「はあ……そうなのかもしれません」

「そうなのかもしれねえって、お前平気なのかよ。そんなの全然、うきうきじゃねえじゃん。もうそれ、罰ゲームじゃねえか。お前、めっちゃ度胸あんだな」

祭りの中、一人で演奏するだなんて俺には絶対にできない。しかも、こんなのんきなネーミングのカーニバルでだ。おどおどしているようで、和音は相当肝が据わってるのだろうか。

「はあ……サックスは好きなんで……」

「好きでも、人前で一人演奏するなんて、よっぽどだぜ」

「はあ……」

和音はピンとこないのか、かすかに首をかしげた。

「お前、実はすげえやつなんだな」

前髪で顔を覆い、めったに言葉を発せず、隠れるように教室で毎日を過ごしている和音がそんなことができるんだ。俺はすっかり驚いてしまった。

「あ、そうだ！ お前、なんか吹いてくれよ」

「はあ……」

和音は気乗りしない声を出した。

「なんでもいいから、お前の好きな曲聞かせろよ」

「はあ……」

ここまで走って来たんだ。何の用も果たさないまま、帰るのはむなしい。せめて一曲何か聞いてみたい。

「カーニバルで吹けるんだったら、ここで吹くくらいなんてことねえだろう」

「はあ、まあ」

「よし。じゃあ、決まり」

俺がそう言って勝手に拍手すると、「はあ、では……」と和音はサックスを抱え、いきなり吹き始めた。

「突然だな」と言いかけた俺は、和音の声の何倍も大きな音が響き渡る迫力に、口をつぐんだ。さっきまで息が漏れる程度の声しか出してなかったくせに、こんな大きな音を出せるんだ。和音の顔は長い髪に覆われ表情は見えない。だけど、音色はしっかりと響いている。静かにそっと広がっていく重みのある音。胸の隅のほうに浸透していくようなメロディー。悲しさなのかむなしさなのか、よくわからないけど、心がざわざわとくすぐられる音楽。……あれ、この曲、聞いたことがある。だんだん盛り上がっていくメロディーに、俺ははっとした。

ああ、そうだ。中学校のときだ。俺たちの中学校は生徒数が少なかったから、駅伝大会に陸上部だけじゃなく、寄せ集めメンバーで出場した。その中に、吹奏楽部員の渡部《わたべ》がいた。嫌味なやつでいけすかなかったけど、美しい走りをするやつだった。そいつが吹いていた曲だ。

吹き終わると、和音はそっとサックスを机の上に置いた。

「お前、すげえじゃん。前髪長いのにうまいんだな」

俺がほめるのに、和音は「はあ」と頭を下げた。

「この曲、俺、好きだわ」

「はあ……知ってるんですか？」

「中学校のとき、吹いてたやつがいてさ」

駅伝大会の翌週に吹奏楽の発表会があって、それに渡部が出るとかで、俺たちは顧問につれられしぶしぶ聞きに行った。そのとき渡部がこの曲を吹いていた。

「大田の走り方、いいよな。それをイメージして吹いてみたんだ」

と演奏の後、渡部は俺にそう言ってきた。だから、この曲を覚えていたのだ。

「なんかよ、この曲、荒っぽいようで細やかでさ、俺、音楽なんて全然わかんねえけど、胸がじんときちまうよな」

「はあ……」

「一人で吹いてるのに、十分どしんと響くっていうかさ。静かなのに迫力があるような」

「はあ……」

「つうか、てめえ、はあじゃなくて、ほかの言葉言えよ」

何をしゃべっても、「はあ」で返されたんじゃ、独り言を言っている気分だ。しかも、「はあ」にどういう気持ちが込められているのか、まったく読み取れない。これじゃ、鈴香とのほうが、よっぽど会話が成立する。

「すみません」

和音はまた深々と頭を下げた。

「だから、謝るなって。あんな大音量でサックス吹くくせに、はあしかしゃべんねえって、意味不明なやろうだな……。おっと、俺行かねえと」

「はあ」

「お前のサックス聞いてたら、時間忘れたわ」

「……すみません……」

「だから、いちいち謝んなよ。めんどうくせえやろうだ」

和音と話すのには労力がいる。どっと疲れが出た俺は音楽室の重い扉を開けると、ため息をつきながら和音を振り返った。

和音はうつむいたまま、サックスをいじっている。手を振れとは言わないけど、目の前の同級生が帰るのだ。せめて目で追うくらいしろよな。

「ほんじゃ、さいなら」

俺は和音が無視できないくらいの大きな声でそう言った。それでも、和音は下を向いたまま、「はあ」と言っただけだった。

慌《あわ》てて先輩の家に行くと、鈴香がリビングの隅に寝転がってぐずぐず泣いていた。

「あれ？　どうしたんすか」

朝から気に入らないことでもあったのだろうか。俺が聞くと、

「大田が遅いからじゃね」

と先輩が答えた。

「まさか。先輩もいるのに？」

「まさかまさかだぜ。朝から、積み木で遊んでたんだけど、ついに待ちわびてぐずりだしたわ」

「マジっすか。……鈴香、遅くなってわりいな」

そう言いながらリビングに足を踏み入れると、鈴香は「ぶんぶ！」と起き上がって、すぐさま俺の足を引っ張りに来た。泣いていたくせに、もう顔中に笑みが溢《あふ》れている。さっきまで表情がまったく読み取れない和音といたせいか、うれしさがまっすぐに表れている顔に、ほっとする。

「鈴香、待っててくれたのか？」

「まってってー」

鈴香は俺の手を引いて、えらそうに自分の前に座らせた。「俺はお前の物じゃねえんだから」と言いつつも、当然のように引っ張られるのがこそばゆくて笑ってしまう。

「用、無事終わったか？」

先輩がバタバタと身支度を始めながら聞いてきた。

「ああ、すみません。なんとか」

用事と言っても、ただサックスを聞いただけだ。なんだか申し訳なくて、俺は小さく頭を下げた。

「わりいなあ。大田だってやることあんのに。せっかくの夏休みが子守でつぶれるなんて、マジねえよな」

「いえ、大丈夫っす」

「ま、あと八日だからさ。もうちょい辛抱してくれよ」

「え?」

「もうちょい頼むって。あと八日って、まだ八日もあるじゃねえかって感じだよなー。マジわりい。……じゃあ、俺、行くし」

「あ、ああ、行ってらっしゃい」

俺は先輩を玄関で見送ったまま、ぴたりと自分の体の動きが止まるのを感じた。八日。数字で示されると、胸が騒いだ。八日が長いのか短いのかはわからない。ただ、八日後には、鈴香がいない生活に戻るのだ。それを思うと、苦しくなった。あたりまえの日常に戻るだけだ。それなのに、なぜかたまらない感じがした。

「でったー」

俺の中にしっくりこない心地が広がるのを遮るように、鈴香の大きな声がリビングから聞こえた。そうだ。よけいなことを考えることはない。八日。まだ八日もあるのだ。自分にそう言い聞かせると、鈴香の前に座った。

「でったー?　って、おお、積み木か」

鈴香は横に一列に並べた積み木を俺に自慢げに見せた。

「これ、上に載せていくんだぜ。積み木っていうだろ？」

「でったー！」

俺の言うことなどさらりと流して、鈴香はご機嫌に手を叩いている。まあ、いいか。どう遊んだって自由だし、形が違う五つの積み木は、きれいに並んでいる。

「ぶんぶぶーてってってー」

鈴香は俺が見たのを確かめると、小さな声で歌を歌いながらまた積み木を並べだした。三角に四角にそれぞれの辺をきちんと合わせて、ずれないように慎重に置いている。

「お前、案外几帳面《きちょうめん》なところもあるんだよな」

「りーさと、りーさと、ここっこ」

鈴香が口ずさんでいるのはどうやらおつかいありさんのようだ。

「ああ、ありさんとありさんとこっつんこな」

「あっちってー、ちょちょん。こっちーててちょちょ」

「お前の歌、とびとびのめちゃくちゃじゃねえか。あっちいってちょんちょん、こっちきて……」

「ちょーん。じょーじゅ」

俺が足りないところを補って声を出すのに、鈴香はすっかりいい気分になって歌っている。

「上手って、お前全然歌えてねえから」

「りーさとりさん、つんこー。でったー!」

鈴香はあやふやな歌を自信満々に歌いながら積み木を三十個すべて並べると、両手を上げた。

「おお、すげー。まっすぐ並んでんじゃねえか」

ただ横に置かれただけだけど、三十個の積み木がきちんと並ぶとなかなかのものだ。

「すげー」

鈴香は俺の口ぶりをまねして、うれしそうに手を高々と上に伸ばした。

「すげーはよくねえな。すげーじゃなくて、すごい。すごいだぜ」

汚い言葉を覚えちゃいけない。俺は何度も「すごい」と大きく口を開けて言い直したけれど、「すげー」のほうが、圧倒的に言いやすいようで、鈴香は「すげー」と言っては手を叩いて喜んだ。

「ったく、お前、覚えなくていいことばっか覚えんだから」

「すげー、すげー」

「すげーって、またやんのか？」

鈴香はひとしきり喜ぶと、せっかく並べた積み木をぐちゃぐちゃにして、また一から並べ直した。

「あーいてー、ちょちょー」

「だから、あっちいってちょんちょんだって」

鈴香はまた同じ歌をでたらめに歌いながら丁寧に積み木を並べている。

「子どもは繰り返しが好きだからね……。下手したら何十回も同じことするからたいへん」

と奥さんが電話で言っていたけど、そのとおりだ。鈴香は飽きもせず、最初と同じ真剣な顔で積み木を並べ、全部置き終わるとうれしそうに手を上げた。

「でったー」

「おお、できたな」

鈴香は手を上げたまま、俺の顔をじっと見つめている。

「なんだよ」

「すげーすげー」

「いや、別にすげーって、俺の言葉ってわけじゃねえから」

「すげー」

「そうだな。すげーな鈴香」

鈴香は何度も積み木を並べ直しては、両手を上げて喜ぶのを繰り返した。そして、なぜか毎回、「すげー」と言う前に俺の顔をうかがった。

「はいはい。すげーすげー」

俺がそう言ってやると、鈴香は満面の笑みで「すげー」と手を上げる。子どもは顔だけじゃなく、体中で笑う。鈴香の指先までが、うきうきと動いている。ただ積み木を並べただけで、こんなふうになれるのだ。子どもってなんて簡単なんだろう。だけど、笑ってくれると、こっちまでうれしくなる。

「すげー」

「すげーすげー、本当はすごいだけどな」

「すげー」

鈴香は「すげー」をすっかり気に入ったようで、俺の顔を見ては何度も口にした。鈴香の言葉が一つ増えたのだ。少々汚い言葉だが、いいとしよう。

「めー、ざーざ」

「本当だな」

積み木を並べていた鈴香が窓のほうに走っていくのを見てみると、雨が一気に降り出していた。さっきまでなんともなかったのに、急に窓を叩くような激しい雨だ。

「ざーざー」

「こりゃ、しっかり降りそうだな」

俺も鈴香の隣に立って、外をのぞいてみた。

薄黒い雲は、昼前の太陽を覆《おお》って雨を一気に放出している。小さなベランダはあっけなくびしょぬれで、大きな雨粒が水しぶきを立てている。最近、晴れ続きだったのを補うような容赦なく降る雨だ。

「あーあー」

「これじゃ、外には出られねえな」

「あーあー」

「なんだよ。鈴香、雨おもしろいのか？」

「あーあー」とがっかりしているのは口ばかりで、鈴香は窓ガラスに頭をぺたりとくっつけて外を見ている。絶え間なくベランダに落ちて来る雨に、目は釘付《くぎづ》けだ。

「お前、どんだけ必死で雨見てんだよ。……そうだ、いいこと考えた」

俺は鈴香から離れて台所に向かうと、食器棚の引き出しを探った。けれど、目当ての物はどこにも見当たらない。一つくらいどこの家にもありそうなもんだけどな。食器棚にないってことは、鍋《なべ》とかと一緒に入れてるのかと、シンク下の扉を開けて、発見した。ビニル袋やゴム手袋と一緒にしまわれている弁当箱は、先輩のだろうか。大きくて真っ白の長方形で、かわいげは全くない。だけど、ほかにはないようだし、量は入りそうだからこれでいいとしよう。

今度は窓ガラスに水滴がくっついては滴《したた》り落ちていく様子がおもしろいようで、鈴香はまだじっと外を見ている。積み木の次は雨。目の前のことに、すぐに夢中になれるんだからうらやましい。よし、今の間に、弁当を作って、驚かせてやるとするか。

俺は鈴香に気づかれないように、静かに冷蔵庫からあれこれと食材を出してきた。

今日、昼ご飯に作る予定だったのは、鮭《さけ》と野菜の味噌《みそ》焼きだ。あんまり弁当のおかずっぽくはないな。でも、ご飯には合いそうだ。俺は細かく切った鮭と野菜を炒めて、味噌と砂糖と醤油《しょうゆ》で甘辛い味をつけると、ご飯の真ん中に入れて小さなおにぎりを作った。鈴香の手のひらに載るくらいのミニサイズのおにぎり。これなら自分で食べられるだろう。

同じ味ばかりなのも飽きるだろうから、醤油で味をつけた鰹節《かつおぶし》のおにぎりに、ケチャップを混ぜたご飯にチーズを入れたおにぎり。薄焼き卵を巻いたおにぎりに、ごまをまぶしたおにぎり。俺は奥さんが用意してくれていた冷凍ご飯をどんどん解凍しては、いろんなおにぎりを作った。

鈴香用の小さな丸いおにぎりは、どれもころっとしてかわいらしい。並べて弁当箱に入れるとそれだけで華やかになった。

「まだ見てんだな。そんなおもしろいか?」

俺は窓にはりついている鈴香に声をかけながら、玄関横の棚に置いてあったビニルシートを出してきた。

「ぶんぶ?」

「これ? ここで弁当食おうと思ってさ」

「ごあん」

「そ。ご飯は家の中で遠足ってこと。お前そっち引っ張ってくれよな。窓の前に敷くからさ」

ビニルシートの端を渡すと、鈴香は「よいちょ、よいちょ」と言いながら、せっせと引っ張った。頼まれるのがうれしいようで、はりきっている。

「おお、サンキュ。そこで下に置いてくれ」

「ぶんぶー」

「そっとな」

「よいちょー」

「おお、助かったわ」

シートを敷いた鈴香はやりきった顔をしているけれど、適当に引っ張ってそのまま下に置いただけだからくしゃくしゃだ。俺は、礼を言われて満足げな鈴香に気づかれないように、さりげなくシートを伸ばすと、お茶と弁当箱を運んで上に載せた。鈴香は普段と違う様子にわくわくしているようで、シートの上で「ぴょんぴょん」と言いながら飛び跳ねている。

「よし、準備完了。鈴香、ジャンプしてねえで、シートの上座って、よし。昼ご飯だぜ！」

「ぶんぶ！」

楽しいことが始まるという子どもの勘は鋭い。鈴香は素直にちょこんと座ると、さっそく「まーす」と手を合わせた。

「いただきます。鈴香、この箱開けてみ」

俺が手を弁当箱の上に持って行ってやると、鈴香は「よいちょ」と言いながらふたを開けた。

「すげー」

ふたをあけた瞬間の鈴香の顔。俺の想像どおりだ。

「そう。すごいだろう」

弁当箱には色とりどりのおにぎりが二十個以上入っている。

「すげー、すげー」

鈴香は雨を見ていたのと同じくらい真剣な顔でおにぎりを眺めた。

「鈴香、これ、食べるんだぜ。これなら、手で食べられるから、こうやって」

俺は先にぱくりとおにぎりを口に入れてみせた。

「ぶんぶ!」

「ほら、鈴香もぱっくんしてみ」

鈴香は俺からおにぎりを受け取ると、自分で「あーん」と言いながら口に入れた。

「おお、上手に食うじゃねえか」

「じょーじゅ! いしー」

「おいしいだろう。いろんな味があるんだぜ。はい、これはかつおだな」

「いしー」

鈴香はすぐさま渡したおにぎりをほおばると、口をいっぱいにしながらほっぺをぺたぺたと叩《たた》いた。

「鈴香ゆっくり食べろよ」

「いしー」

最初は俺がおにぎりを渡してやっていたけれど、そのうち、鈴香は口に一つ入れては、もう次のおにぎりを手にして自分で食べだした。本当によく食うやつだ。

「おい、赤いのばっか食べるなよ」

「いしー」

「味噌のも食べろよ。おいおい、次々入れるなって。まだ口にあるだろ？」

「いしー」

「鈴香、口いっぱいでしゃべんな。ほら、お茶」

鈴香は両手におにぎりを持って、俺に持たせたコップに口を近づけお茶を飲んでいる。あまりに怠慢な姿に俺は噴き出してしまった。まったく、鈴香にはまいる。おにぎりはおいしいだけの食べ物じゃない。どうしてだろう。こうして食べていると、心が弾む。

駅伝大会の日にも、おふくろがおにぎりを作ってくれた。中学三年生になるころには、受験や卒業に向けてまじめになりだした周りから俺は浮いていて、一人で昼飯を食べることも多かった。それが、駅伝大会の日は、メンバーみんなで弁当を交換しあって食べた。

「大田のおにぎりマジうめえな」

「おにぎりなんてだいたい一緒なのに大田のはなんか違う」

俺のおにぎりはみんなから好評だった。

「走った後で腹減ってるだけじゃね」

俺はそう言ったけれど、確かにおふくろのおにぎりはうまかった。

昔から働いていたおふくろは手っ取り早い料理が得意で、中でもおにぎりは仕事に出る前によく作って置いていってくれた。

何年間も毎日のように作って来たからだろうか。他の料理は俺のほうがうまかったけど、おにぎりだけはおふくろにかなわなかった。

今日の朝もおふくろはおにぎりを食卓に並べながら、「くれぐれも気をつけて。鈴香ちゃんに怪我《けが》させるようなことは絶対ないようにしてよ」と言っていたっけ。鈴香の面倒を見ていると知ってから、おふくろは毎日、「目を離さないように」「危険なものを周りに置かないように」などとくどくど言った。「うるせえばばあだな」と返しているけれど、おふくろが俺や鈴香のことが気になってしかたがないのはわかっている。親がうるさく言うのは、子どもが心配だからだ。そんなことは中学生のころから知っていた。

いろんな家庭があるし、後輩の山根や先輩の親みたいに、子どもが大事だなどという考えが当てはまらない家があることも知っている。奥さんの親はどうだろうか。子どもができたことすら教えられないくらい、完全に切り離さないといけない人なのだろうか。

「わー」

鈴香がおにぎりで口をぱんぱんにしながら、驚きの声を出した。

「おお、また雨激しくなったな」

考え込んでいた俺は、鈴香の声に窓のほうを向いた。

「めーめ、ざー」

「よく降るな」

「ざー」

ビニルシートの居心地がいいのか、鈴香は雨を見ながらも、じっと座っておにぎりを食べている。

「風も結構吹いてきたみてえだ」

「びゅー?」

「そう。風がびゅーだ」

「まあ、向こうのほうは明るいから、夕方にはやむだろうけどな」

「あーあー」

鈴香は雨に驚きつつも、おにぎりを食べる手を休めはしない。

「あーあー。いしー」

「お前、がっかりしたり食ったり忙しいやつだな」

俺は声を立てて笑ってしまった。

こんなに楽しい雨が今まで降ったことがあっただろうか。

「いしーね」

「ああ、おいしいな」

鈴香と並んで雨を見ながら、俺も小さなおにぎりをいくつも食べた。

15

昨日しっかり雨が降ったから、外は草や土の香りが立ち込めている。あちこちに田畑が見えるこの小さな町での暮らしにうんざりすることもあるし、都会に出たいと思うこともある。でも、雨の翌日のにおいは何とも言えない。泥臭くて、けれどみずみずしくて、深呼吸すると体にまで水や光が満たされていくような新鮮なにおい。土や緑から遠ざかると、このにおいもなくなってしまうだろう。

「ふー」

公園までの道、時々深呼吸しながら歩く俺をまねして、鈴香も大きく息を吐いた。

「鈴香吐いてばかりいないで、息吸ってみ。おいしいぜ。すーって」

「すー」

鈴香はすーと声を出しているだけで、全然息を吸い込めていない。そのくせ、「いしー」と言っている。

「調子いいな。なにも吸えてねえのに、味わかるのか?」

「いしー!」

「なにがおいしいんだ。変なやつ」

俺が笑うと、鈴香も「へんへんー」と言いながら笑った。初めて会ったときより、鈴香の言葉は少し増えている。俺がわかる鈴香の表現も増えたから、会話も弾むようになってきた。

「アスファルトはからからだけど、公園は日陰が多いから、まだ芝生がじっとりしてるかもしれねえな」

「おーえん、おーえん」

「おーえんじゃなくて、こうえんな。応援だと、がんばってーになっちまうだろ？こ、う、え、ん」

「とーえん」

「とーえんじゃなくて、こうえんだって。いとこやはとこじゃねえんだから。こうえん。ほら、鈴香言ってみ」

「えーんえーん」

「えーんえーんって、それじゃ泣いてんだろ。って、俺をおちょくってんな。鈴香、賢いのかばかなのか、さっぱりわかんねえな」

俺は泣きまねする鈴香の頭をくしゃくしゃに撫《な》でてやった。昨日一日公園に行かなかっただけなのに、外に出られるのがよっぽどうれしいのか、鈴香はいつも以上にはしゃいでいる。

「どーどーきーのアードー」

「お前、こう暑いのによく歌えるな」

「きみまー、いっらっらー、ろーろいー」

「きみがいるからおもしろいー。だろ」

俺が歌って初めてちゃんと歌が完成する。それがわかっているから、鈴香は歌うときには俺を見て催促する。

「たーたーらに、クックー。あーあーにー」

「いーたーずらーにショック、やーさーしさーにハクシュ」

「わすれぼー、きっちゅー」

「わすれんぼーにキッスー、さあなかよくあそぼう」

鈴香のあやふやな歌が何かすぐにわかるようになったし、子ども向けの歌を道の真ん中で鈴香と一緒に歌ってしまえる。慣れってすごいと自分で感心する。

「じょーじゅ！」

「まあ、鈴香もちょっとは上手になったな」

「んなこ、んなこ、んなこ、いーかな」

鈴香は歌い終わって自分で拍手したかと思うと、また同じ歌を歌いだした。

「なんだよ。また歌うのか？ 今終わったとこなのに？」

「どーどーきーのアードー」

鈴香は俺の言うことなど聞こうともせず、そのくせ一緒に歌えと俺の顔を見上げながら歌っている。

子どもって本当に歌うのが好きだ。いつも砂場で会う愛ちゃんや由奈ちゃんなんかは一人前にはやりの歌を歌っているし、ゆう君も鈴香と同じような歌を歌っている。生まれて二年も経《た》たないうちに、歌うんだ。音楽ってすごいと思わずにはいられない。

俺だって、音楽を聞くと、気が晴れたり気合が入ったりする。ジャンルの好き嫌いはあるだろうけど、音楽を嫌いな人っているのだろうか。これほど簡単に胸を震わせてくれるものって、そうそうないだろうな。と考えていると和音がサックスで吹いていた曲が頭に流れた。穏やかなメロディーが重なり合って、終盤に向けて広がっていくあの曲。切なさや悲しさや喜びが一緒に表されているような壮大な曲。曲名は何だったっけ。中学のとき、渡部がえらそうな顔でタイトルを言っていた気もするけど、思い出せない。

いつも周りを斜めに見ているような、どこかすかしたやろうだった渡部。あいつは、高校で何をしているのだろう。サックスも走ることもうまかった。頭だってそこそこよかったはずだ。目の前に選択肢がいくつもあるのだ。何も選べなかった俺とは違って、生き生きと高校生活を送ってるんだろうな。俺だって、高校ぐらいは楽しむつもりだった。それなのに、いったいどこで踏み外したのだろう。小学生のとき真剣に勉強していたら、今の俺はもっと気楽にやっていたのだろうか。中学校駅伝に出なかったら、もっと毎日は充実していたのだろうか。いったいいつからやり直せばいいんだ？　小学三年生で俺はすでに授業を放棄していた。記憶を辿《たど》っていくと、気が遠くなる。

「おーえん、おーえん」

公園が見えてきて、鈴香は小走りになった。

「おいおい、急がなくたって、公園はどこにも行かねえから」

と言いながら、俺も少し足を速める。

「つったー」

公園の入り口に立つと、鈴香は俺の手を持ったまま、万歳をした。

「はいはい、着いた着いた……あれ？」

中の様子を見渡した俺の体は、一気に固まった。

芝生の向こうにあるグラウンドには、何人かの集団が見える。みんな肩にラインが入った白いTシャツに青のハーフパンツを穿《は》いている。俺が通っていた市野《いちの》中学校の体操服だ。グラウンドの周りを軽く走るみんなの後ろに立つひょろっとした女。あいつ、上原じゃねえか。俺が中学三年生になったとき、長年陸上部の顧問を務めていた教師が異動し、美術部顧問だった上原が突如陸上部の担当になった。上原は運動神経も悪く陸上にも無知で頼りなく、駅伝練習は当時の部長がしきっているようなものだった。なんだあいつ、まだ陸上部を受け持ってたのか。

上原が何か言ったようで、みんながゆっくりと集まり始めた。体形も雰囲気もばらばらのやつら。この統一感のなさは陸上部の活動じゃない。中学校の足の速いやつを寄せ集めて作る駅伝チームのメンバーだ。どこかを走ってきた後のダウンを行っているのだろう。みんな疲れがにじみ出ている。

駅伝練習は、夏休みになると、部活の時間だけでなく、朝やごくたまに夕方にも行われる。駅伝大会のコースに合わせて、学校のグラウンド以外に、山道や街中を走ることもある。この公園は隣りがグラウンドになっていて、俺も何度か走りに来たことがあった。

あのころの俺は、あいつらみたいに夏を費やして走っていた。プライドを捨て、かっこ悪いのも承知で、不良だった俺がまじめに走っていた。走れば走るほど、失ったものが、自分で投げ捨ててきたものが、少しずつ戻ってくるのを感じた。しんどいとだらけだった。だけど、最高に楽しい夏だった。

「ぶんぶー！」

鈴香が中に入ろうとしない俺を引っ張った。

「あ、ああ、そうだな……。ちょっと待てよ」

「ぶんぶ？」

「えっと、そうだ。公園に来たんだもんな」

芝生の上では小さな男の子たちがボールで遊んでいるし、砂場のほうには愛ちゃんや由奈ちゃんもいる。いつもと同じ光景だ。早くここで鈴香を遊ばせてやりたい。それなのに、どうしてだろう。足が進まなかった。

ひたむきに走っていた自分をこれ以上思い出したくないのだろうか。後輩や顧問に会って、あのころとは変わってしまった姿を知られたくないのか、それとも、あのころに未練がある俺を見られたくないのか。自分の中で沸き立つ感情が何なのかよくわからない。だけど、あそこに近づきたくはなかった。

「鈴香、家で遊ぼう。今日は暑いし、な」

俺は鈴香の手を引くと、そのまま強引に公園に背を向けた。せっかくここまで来て入れないのだから、鈴香は「ぶんぶー!」と怒っている。けれど、俺はただ家へと足を進めた。

「ぶんぶー! ぶんぶー!」

鈴香は公園が完全に見えなくなると、歩くのを放棄して、座り込みながら大声で叫び始めた。

「わりいな。また明日行くからな」

「ぶんぶー!」

俺が引っ張り上げようとしても、鈴香は足の力を抜いて一向に立ち上がろうとしない。

「家でほら、積み木しようぜ」

「ぶんぶ」

「絵本読んでやるしさ」

「ぶんぶ」

「じゃあ、そうだ! コンビニでおいしいもの買って帰ろう。な」

汚い手だけど、しかたない。俺は鈴香を持ち上げるように引っ張りながら、公園のすぐそばにあるコンビニに向かった。

「ぶー！」

「鈴香知ってっか？　ビスコにさ、いちご味あるんだぜ。それ買おう。ビスコ、ビスコだぜ」

「ぶんぶー」

ビスコを連発してごまかしながら、なんとかコンビニの前まで来たものの、鈴香は足にぐっと力を入れて立ち止まった。ここに行きたいんじゃない。と体中で言っている。

「なんだよ。ビスコ好きだろう」

俺は鈴香の前にしゃがみ込んだ。

「ぶんぶ」

俺の顔を見つめる鈴香の目は、ビスコなんかいらない。としっかりと言っている。そりゃそうだ。目の前に大好きな公園があるのに、理由もわからず引き返されたんじゃ、膨れるのも当然だ。

「わりいな。明日は絶対行こう。な」

今日たまたま公園にいただけで、いつも同じ練習メニューのわけがない。明日はあいつらはいないだろう。俺は鈴香に約束した。

「明日は公園でいっぱい遊ぶからな。今日はビスコでいいにしてくれ」

「ぶんぶ」

「今日は家でゆっくりビスコ食べて、ままごとでもしよう」

「ぶんぶ」

「な、頼むからさ」

「ぶんぶ……」

コンビニの駐車場で俺が説得するのを、鈴香はしばらくじっと聞いていたかと思うと、突然顔を両手で覆い、「ななーば」と言った。

「ななーば？ なんだそれ。お菓子か？ ビスコ以外に好きなお菓子があるのか？」

「ななーば！」

俺が聞くのには答えず、鈴香はまた同じように顔を隠してそう言って、最後に手を広げて俺に顔を見せた。

「ななーば。なんだったっけ？ そんな言葉あったっけ？」

もうほとんど頭に入っているから、奥さんが書いてくれた鈴香ノートは置いてきてしまっている。ななーば。今まで鈴香が言うのを聞いたことがない。いったいどういう意味だろう。

「なーなーば！」

まるで通じないのに、鈴香は声を大きくしてゆっくりともう一度、同じことを言った。

「ななーばだよな。ななば。えっと、公園のことじゃなくて、喉渇《のど》いたんでもねえだろ？ となると……」

「ぶんぶ！」

鈴香は俺の腕を引っ張って、自分の前に近づけると、「なな」と言って顔を隠しては「ば！」と見せるのを繰り返した。

「どうして顔隠すんだ？ 蚊に食われて顔がかゆいとかじゃねえよなあ」

何だろうこの動作。怒ってることを表しているのだろうか、泣いてるふりでもしているのだろうか。

「ななーば！」

「ななーば、だろ。なんか聞いたことあるような言葉なんだけどな」

「ななーななーば！！」

なかなかわからない俺に、鈴香は大きく指を伸ばして顔をしっかりと隠すと、次は手を思いっきり開いて顔を見せた。ぎゅっとつぶっていた目と口が、「ばー」と一緒に大きく開かれる。この動き。どこかで見たことがある。

「なな一ば！」

そうだ、これは「いないいないばあ」だ。

「わかったぞ。鈴香。お前、いないいないばあしてんだな。どうして突然やりだしたんだ？」

「なな一なな一ば！」

俺が正解を出したのに、まだ鈴香は一生懸命いないいないばあをやっている。

「だから、わかったって。いないいないばあだろ。そっか。俺にやってほしいのか。よし、いないいないばあ」

俺も同じように顔を隠して、いないいないばあをしてやった。だけど、鈴香は俺のいないいないばあには興味も示さず、変わらず「なな一ば！」と続けるだけだ。

「もう十分だぜ。鈴香、じょーず！」

俺は拍手をしてやった。それでも、鈴香は小さな手のひらをしっかりと目を閉じた顔に押し付けて、いないいないばあをしている。

「ななーななーば！」

「だから鈴香もう十分だぜ」

「ななーななーば！」

「すげーすげー！　鈴香すげー」

俺はそう言って大きく手を叩いた。それでも鈴香のいないいないばあは終わらない。そっか。鈴香はほめてほしいわけでも、拍手がほしいわけでもないんだ。なんてやつなんだろう。

「鈴香、俺、そんなしけた顔してんのか？」

「ななーば！」

「わかった、わかった。俺、別に悲しいわけじゃねえぜ」

「ななーななーば！」

「違うんだよ、なんか、気まずくて思わず、引き返しただけでさ。なんもねえんだよ」

「ななーば！」

「だから、わかったって。俺、元気元気だぜ」

「ななーば」

こんなちっぽけな体で、俺を励まそうとするなんて。俺は鈴香をぎゅっと抱きしめた。鈴香は、汗をかいているのに湿っぽくなくて、柔らかい真新しいにおいがする。体中が滑らかでくっつくだけで気持ちが落ち着く。

ところが、鈴香はうっとうしそうに、俺の腕を振り払うと、また、いないいないばあを始めた。まるで応じない俺にイライラしているようで、だんだん声が荒くなっている。

「なんなんだよ」

俺は終わらない「いないいないばあ」に頭を抱えた。いないいないばあへの正しい反応って何だったっけ？ 手を叩いても、「ありがとうな」と頭を下げても鈴香の「なな一ば」はやまない。いないいないばあをされたら、みんなどうしてるんだろう。

そういえば、いとこの姉ちゃんが正月に赤ん坊を連れて遊びに来たとき、「いないいないばあ」をやっていた。まだ何もしゃべらない小さな赤ん坊は、きゃっきゃ笑っていたっけ。鈴香と見ている子ども向けのテレビでも、いないいないばあをされたネコのキャラクターが、笑い転げていた。

俺は赤ん坊じゃねえんだけどな……。そう心でつぶやきながらも、俺は「なな一ば！」と、手を広げた鈴香に、にこっと笑顔を向けた。大田の笑顔は目が怖い。大田

が笑うと、みんながびびる。よくそう言われる。でも、鈴香は俺の笑顔を見たとたん、

「でったー!」と手を上げて喜んだ。

「おお、これでよかったのかよ」

俺がほっとすると同時に、鈴香は「だーこ」と手を伸ばした。

「どうしてそうなるんだよ」

「だっこー」

「今日は走り回ってもねえだろ?」

「だっこー!」

鈴香はもう俺の腕にぶら下っている。どうやら、いないいないばあは見た目以上に疲れるようだ。

「しかたねえな。じゃあ、帰るとすっか」

よっこいしょと抱えあげると、鈴香は俺の肩に手を回して、高くなった景色を涼しい顔で見渡している。

「まったく、お前はずうずうしいやつだな」

「しゅぱーつ」

「はいはい。出発」

「いないいないばあ」は十六歳の俺にも十分威力があったようで、公園に着いたときのざわついた気持ちはどこかへ吹っ飛んでいた。昨日落ちた雨の水分を奪うような日差しの中、俺は鈴香と同じ歌を何度も口ずさみながら家へと歩いた。

翌日。たまたま昨日練習に来ていただけのようで、公園に駅伝メンバーの姿はなかった。

三日ぶりになったせいか、中に入るとさっそく俺と鈴香はみんなに囲まれた。

「おとといは雨だったし、昨日来なかったでしょう。鈴香ちゃんとおじさんは一?って、うるさかったのよ」

愛ちゃんのお母さんが言った。こないだ、みんなを肩車してやったせいか、人気者になってしまったようだ。

「今日は、誰も乗せねえからな」

俺が予防線を張ると、愛ちゃんと由奈ちゃんは口をそろえて「なーんだ」と膨れ、「おじさんなんていらないもんね」「赤ちゃん、こっちでお団子作ろう」と鈴香を引っ張っていった。

「子どもって身勝手でしょう」

由奈ちゃんのお母さんが申し訳なさそうに肩をすくめるのに、俺は軽く首を振った。肩車目当てでも、待たれているのは悪くない。

「いいっすよ。子どもは」

砂場では鈴香が黙々と砂をこねている。俺に食べさせようとはりきっているのだろう。泥団子を真剣な顔で作っている。

「まあそうだよね。自分の時間が欲しいと言いつつ、子育て以上に楽しいことがあるかって言ったら、思いつかないしね」

「そうそう。いらいらしてくたくたになるけど、ちょっとうれしそうな顔を見るだけで、全部帳消しになるから不思議だよね」

愛ちゃんと由奈ちゃんのお母さんの言うとおりだ。

鈴香といると、すごく疲れる。でも、鈴香が少し笑うだけで、鈴香がほんの少し昨日とは違う姿を見せるだけで、どうしてだろう、どうしようもなく、満ち足りた気持ちになる。他にこんな気持ちになるものは、何も知らない。

「あ、俺、団子好きじゃねえから」

由奈ちゃんと愛ちゃんと鈴香がそろって、巨大な泥団子を抱えてやってくるのに、俺は後ずさりしながら言った。

「せっかく作ったんだから、全部食べてよね」

「誰がそんなでかい団子食えるんだよ」

「おじさんお団子好きでしょう?」

「残しちゃだめだよ」

「ぶんぶー。いしーいしー!」

女の子三人に迫られて、

「やっぱ、たいへんすね。子どもって」

と俺は顔をしかめた。

16

八月最初の日曜日はからりと晴れあがった。湿気のない軽い風に、奥のほうまで真っ青な空。昨日一日だらだら寝ていたせいで、ぼんやりなまった体を伸ばしながら、俺は開け放った部屋の窓から空を見上げた。

前は平日と休みの日の違いなんて、何も感じなかった。学校に行こうが行くまいが、やりたいことも、やらないといけないこともないから、間の抜けた一日は何曜日だろはどこか抜け落ちた心地がする。積み木で遊んで昼ご飯食べて、公園に行って……。休みの日は、鈴香に一日振り回されているせいか、最近、鈴香に一日振り回されているせいか、休みの日はどこか抜け落ちた心地がする。

平日に忙しく動いているぶん、バイトがない日のやることのなさに戸惑ってしまう。昼に手の込んだ飯でも作ろうかと体を起こしてみたものの、すぐにやる気が失《う》せた。おふくろは朝から出かけている。俺だけだったら、カップラーメンで十分だ。

となると、何をしようか。昨日一日寝てしまったから、もう眠れそうもない。ゲームセンターに行く気も起きないし、鈴香なしで公園に行ってもしかたがない。行きたい場所も会いたいやつも思い浮かばなかった。時計はまだ十一時を過ぎたところだ。一日ってこんなに長かったっけ。鈴香がいれば、次々にやることが起こるのに、自分のためにすることとなんて案外ねえもんなんだな。

八月二日。あと二日、八月四日が奥さんの予定日だ。鈴香のときが帝王切開だったので今回も同じく手術で出産するそうだから、予定日がずれることはまあないだろう。もう少ししたら鈴香の妹が生まれ、奥さんは退院する。そうしたら、バイトも終わりだ。奥さんが戻ってきたら、毎日こんなふうに、俺はやることを考えないといけないのだろうか。そう思うとぞっとした。

普通の日常に戻るだけだ。でも、それは何もない空虚な時間が延々と続くむなしい日々に戻るということだ。

受験も駅伝もしんどかったけど、やることもゴールも明確だった。問題集を解いて、英単語を暗記する。走りこんで、筋トレをする。そうすることで、ゴールに近づいていけた。本当にやっかいなのは、何もすることがないことだ。やることもなければ、目指すものもない。ただぼやけた毎日だけが待っている。俺にとって鈴香と会えなくなることは、それを意味する。

あれ？　今日って、何かの日だったっけ。ぼんやりとカレンダーを眺めていた俺は首をかしげた。八月二日にどこか覚えがある。

八月の第一日曜日。何か用があったっけ？　おふくろは会社の人の結婚式に出て行ったけど、俺には関係ない。誰かの誕生日でもないし、登校日でもない。八月二日……。そうだ、カーニバルだ。

通知表に間違えて挟まっていた和音の吹奏楽部のお知らせ。そこに八月二日はうきうきサマーカーニバルだと記されていた。

うきうきサマーカーニバル。名前はたいそうだけど、地元の商店街が行っている小さな祭りだ。俺が小学生のころから、毎年細々とやっているようだけど、行ったことはない。そもそもさびれかけた商店街だ。きっと、子どもと年寄りしか来てないだろう。つまらないだろうし、行ったところで何もない。でも、家にいてもやることがないんだから、のぞいてみるのもいいか。もしかしたら、壮大で優しいあの曲がまた聞けるかもしれない。

確か、吹奏楽部の出番は十二時前後となっていたはずだ。俺は、Tシャツとジーパンに着替えると、ポケットに財布を突っ込んで家を出た。

家から歩いて二十分もかからない、駅前の商店街。走れば、七、八分だ。八月の真昼間に走るなんて自殺行為だけど、これぐらいの距離ならしれている。カーニバルというぐらいだから、商店街に着けば飲み物も売っているだろう。俺は軽く屈伸をすると、そのまま勢いをつけて走り出した。昨日一日だらけていたせいで、エンジンがかかるのに少し時間がいる。それでも、体を揺らしながらジョグをしているうちに、隅々までが目覚めていく。ばねのように弾む足、前へと送り出してくれる腕。

中学三年の毎日走っていたころとはさすがに違うけれど、体力は完全には落ちていない。それを確かめたくなるのか、こんなふうに、時々、走ってしまう。

商店街に続く広い歩道は、人通りも少なく、軽やかに走れる。鈴香なしだと、ずいぶんスムーズに動けるものだ。寄り道もしなくていいし、だっことせがまれなくていい。手を引く相手がいないと楽だ。けれど、小さな温かい手を握って歩くことがあたりまえになっている手のひらは、今日は不必要に涼しい。荷物を持つのも嫌いな俺だけど、自由になり過ぎる両手を持て余してしまう。

何を考えてるんだろう。俺は感傷的な気分を吹き飛ばすように、体が沸き立つのに従って前へ前へと進んだ。見当違いに「よ、ファイト！」と応援してくれるおじさんに手で軽く応じて、信号でペースを乱されながらも走っていくと、あっという間に商店街の入り口に到着してしまった。

「あんだよ。もう着きやがった」

じんわり汗をかいただけで、息もまだ上がっちゃいない。ここからが走りがいがあるのだけれど、商店街の中を走るわけにもいかない。俺は呼吸を整えながらゆっくりと中を歩いた。

アーケードのおかげで、商店街の中は幾分涼しい。久々に来たけれど、二割ほどの店はシャッターが閉じたままで、前よりさびれている。過疎《かそ》化だといわれていても普段はピンとこないけれど、それを見せつけられているようで、なんともいえない心地もする。

ただ、今日は祭りだからか、のぼりが立てられ、いくつか屋台が出ていて、それなりに活気を出そうとしているのがわかる。ヨーヨー釣りや金魚すくいに、焼きそばやたこ焼きにフランクフルトを売る店。繁盛《はんじょう》しているとは言いがたいけど、子どもや年寄りは行きかっている。

自販機のほうが冷たいだろうと思いつつ、せっかくだから氷水の中で冷やされている屋台のポカリスエットを買って、俺は商店街の中央広場へと進んだ。

広場には小さな舞台が設営されていて、そこで出し物が行われていた。今はじいちゃんばあちゃん十名くらいがかすれた声で童謡を歌っている。倒れそうな歌声にこっちの気が抜けそうだ。俺は三十脚ほど並べられたパイプ椅子《いす》の後ろのほうに腰かけた。

舞台横に掲示された手書きのプログラムには、幾瀬《いくせ》保育園お遊戯、青葉老人会合唱、梁田《やなだ》慶五郎《けいごろう》氏手品、などとあり、白羽ヶ丘高校吹奏楽部演奏もちゃんと載っている。

何かしら発表の場がないと張り合いがないとは言え、高校はよくこんな祭りで演奏させる気になったものだ。吹奏楽に興味のありそうなやつなど歩いてやしないし、がちゃがちゃした中で、吹く気なんか起こるのだろうか。

客席では何人かがしきりに手拍子をしているけれど、それもずれまくっている。周りにいるのは順番待ちの年寄りと身内ぐらいで、俺以外に若者の姿は見事にない。

でも、この思いっきり場違いな感じは悪くはない。自分と同じ世代がいないという気楽さは、どこか公園と似ている。

もう捨てたも同然だと思っている高校生活だけど、周りに同級生がいると、どこか気が張ってしまう。なめられないように、ばかにされないようにと、身構えてしまう俺がいる。

パラパラと拍手が聞こえ、舞台の上では次は八十過ぎくらいだろうか、すっかりはげたじいちゃんが出てきて手品を始めた。商店街の祭りにしても、クオリティが低すぎるだろう。新聞紙の中に水を注ぐというのだけど、グラスがもう透けて見えている。しかもテンポが遅いと言ったらない。「えっとまずなんだっけなあ……」と、新聞紙を持ち上げ、「いや、違うかいなあー」とコップを傾ける。思わず舞台に上がって手伝いたくなる手際《てぎわ》の悪さだ。

じいちゃんがおたおたしている間に、小学校一、二年生くらいの男の子たちが客席にやって来た。手に楽譜らしきものを持っているから、後で出番でもあるのだろうか。

子どもたちは席にはつかず、キョロキョロ周りを見ながら大声で騒いでいる。八人ほどの集団でいるから、すっかり気が大きくなっているようだ。がちゃがちゃしたガキだなと思っていると、一人が舞台を見るなり、「うわ、だっせー」と叫び、それを聞いたほかのガキも「だっせーだっせー」と手を叩き始めた。

ちょうどそういう言葉を覚えだして、かっこいいと思って使いたくなるんだよな。

騒ぐことが楽しくてしかたないし、そうやってるうちにどんどん調子づいちまう。それを、座っていたじいちゃんが、「おとなしく見んか！」とよぼよぼと言うから、ガキたちはエスカレートしてますますはしゃぎだした。言うこと聞かない僕らって強いだろとでも思ってるのだろうか。ったく。ガキってしかたがない。でも、こんな中で手品をして成功するわけがないし、このままでは延々とじいちゃんの出し物が続いてしまう。

俺は立ち上がると、子どもたちのほうに近づいた。年寄りではなく、金髪の俺にそばに来られ、ガキたちはすぐさま表情を硬くした。公園の子どもたちは寄って来るけど、小学生ともなると、たちの悪そうな人間がわかるようだ。だけど、出番前のガキをビビらせちゃいけない。俺はできるだけ声のトーンを柔らかくして、

「お前ら、いくつ？　幼稚園？　小学生？」

と聞いた。

「小一」「六歳だけど」などと何人かがぽろぽろ答える。

「へえ。もう小学校行ってんのかよ。すげえな」

「そうだよ」

「まあね」

小学校に行っているということが、自慢のようで子どもたちは一斉にうなずいた。

「でも小学一年生じゃ、まだ、自分たちだけで座るって無理なんだろうな」

「どうして？」

「何が」

男の子たちは口々に聞いてくる。

「一年生って、まだ小さいだろ？　小学校行ってるとは言え、先生がいねえとなかなかちゃんと座れねえだろ？　まあ、ほら、ガキだからさ」

「できるよ。すぐ座れるし」

そう言って、小柄な男の子が椅子にひょいと座った。

「すげえ、ぼく、やるじゃん。こういうとき、座るって知ってんだな？　お前だけ小学六年とかじゃねえよな？」

俺が大げさに驚くと、みんなケラケラ笑いながらも、「僕だって座れるし」と椅子に腰かけだした。

「一年生ってそんなことできんのかよ。じっと座るとか、子どもにはしんどくね？」

「平気だよね」

「マジか。やるな。小学校で習ってんのか？」

「もともと知ってる」

みんなが楽しそうに答える中、最初にだっせーと言いだした子どもはふてくされた顔をして立っている。「いい加減てめえも座れよ」と怒鳴りたいところだけど、ぐっとこらえて「そろそろ座んね？」と俺は一歩近づいて言った。まだ六、七歳だ。こんな格好の俺に言われたんじゃ言うことを聞くしかない。ガキはしぶしぶ腰かけはしたものの、おもしろくないと思っているのは簡単に見て取れた。しゃれたシャツを着て手足がすらりとしたガキ。小学一年生のくせに、ワックスでも使ってんのか髪の毛も整えている。こいつの機嫌を損ねたら、ほかのやつらはやりづれえだろうな。俺はガキの前にしゃがみ込むと、少し声を小さくして、

「お前、なんか大人っぽいな。この手品けっこうだりいだろ？　でもさ、盛り上げねえといけねえし、一応成功したらみんなで拍手してくんね？」

と言った。

「あ、ああ。まあいいけどね」

「マジか。助かる。こいつら騒ぎだしたら頼む」

「ああわかったよ」

「ありがとう。お前がいてよかったわ」

由奈ちゃんと愛ちゃん。あの二人は、「お姉ちゃんだね。すごいな」の言葉でだいたいのことはやってくれる。そして、公園の子どもたちは「ありがとう」と言うとこっちが驚くくらい喜ぶ。小学校に行っているとは言え、まだそれほど年も違わない子どもだ。男の子は、俺の顔を見ると、

「うん。大丈夫」

としっかりとうなずいた。

「あ、お兄さん。子ども会のリーダー？　ほら、だんだん長くなっちゃって、出番予定より三十分は後になったから先にご飯食べさせてよ」

俺がほっと一息ついていると、祭りの進行係のおじさんが声をかけてきた。

「いや、あの違うから」

金髪の俺がどうしてリーダーに見えるんだと顔をしかめていると、

「ああ、すみません。見失っちゃって」

と幾瀬子ども会役員と書かれたカードを首からぶらさげたおばちゃんが走ってきた。

「あ、おばちゃん！」

「おそーい」

気を許している相手なのだろう。子どもたちはおばちゃんが近づくと、ほっと顔を

緩めた。

「すみません。ご迷惑おかけしました」

おばちゃんがぺこりと頭を下げるのに、

「いやいやいや。いい子ばっかで」

と俺は首を振った。

「本当ですか」

「本当っす」

ガキが騒々しいのなんてあたりまえだし、こんな祭りに歌いに来るんだから、素直な子どもたちにちがいない。

「じゃあ、失礼します。みんな行くよ。出番はまだまだだから、裏の公園でおひる食べよう」

子どもたちは「おなかすいたー」と甘えながら、おばちゃんの後について歩いていった。まだまだかわいいお子様だな。と見送っていると、しゃれたシャツを着た男の子がくるっと振り向いて、俺に小さく手を振った。案外律義《りちぎ》なやつじゃねえか。俺は「またな」と軽くうなずいて応《こた》えると、後ろの席へ慌《あわ》てて戻った。次は「白羽ヶ丘高校吹奏楽部演奏」だ。こんな前で見ていたら、和音が驚いてしまう。

係のおじさんが舞台上のめくりをまくり、司会のおばちゃんが「次は白羽ヶ丘高校の吹奏楽部の演奏です。お願いします」とたどたどしく紹介すると、和音が一人、舞台の真ん中に出てきた。

本番は何人か来るのだろうと思っていたけれど、ほかには誰も現れそうもない。カッターシャツに長い紺のプリーツスカート。地味な制服に長い髪を垂らした和音が、サックスを抱えて、下を向きながら舞台上に立っている姿はカーニバルにはあまりに不似合いだ。それでも、じいちゃんばあちゃんはご機嫌に拍手を送っている。

俺は他人事《ひとごと》ながら、いらついた。顧問は何を考えてるのだろう。一人でこんな舞台に送り込むなんて、高校生をばかにしてる。当の和音は何も感じないのか、客席も見ずに小さく頭を下げると、前に音楽室で演奏したように唐突にサックスを吹き始めた。突然聞こえた大きな楽器の音にじいちゃんやばあちゃんたちは「おおー」と歓声を上げている。

祭り向けだろうか。残念ながら音楽室で聞いた曲ではなかった。どこかで聞いたとのある懐《なつ》かしいメロディーだ。サックスだとイメージが変わるせいか、なかなか思い出せなかったけど、前の席のじいちゃんが合わせて歌うので、ようやくわかった。中学校で習った「夏の思い出」だ。

「水芭蕉《みずばしょう》の花が咲いているー」じいちゃんの歌声はのどかだけど、サックスで吹かれると、なんて寂しい曲なんだろう。重く響く音がさびれた山あいのこの町を表しているようで、なんだか物悲しくなっちまう。

　和音はどんな気持ちで吹いているのだろう。一人で舞台に立って恥ずかしいと思っているのだろうか。早く終わらせたいと思っているのだろうか。いや、少なくともそれは違う。相変わらず長い前髪で、和音の表情はまるで見えないけれど、この音色はいやいや奏《かな》でられているものじゃない。それぐらいは音楽に詳しくない俺にもわかる。

和音はじいちゃんたちがまぬけに手拍子をするのにも、「いいぞ」と掛け声をかけるのにも動じず、黙々とサックスを吹いていた。

「姉ちゃん！　さすが」

「ブラボー」

　とじいちゃんやばあちゃんが拍手をする中、二番まできっちり吹き終わった和音は、また静かにお辞儀をして、何事もなかったかのように舞台を下りていった。

「よ、やっぱ、一人で吹いたんだな」

　舞台裏で、サックスをケースにしまいこんでる和音に声をかけると、いつものぐもった声で「はあ」と返ってきた。

「つうか、こんな祭りで舞台に一人で立てるって、お前すげえ度胸だよな」

「はあ……」

「前に音楽室で吹いた曲さ、あれ吹きゃ……」

「え？　大田君?!」

俺が話しているのを遮って、和音が驚いた声を出した。

「そうだけど？」

「はあ……。あの、大田君？」

「そうだよ。お前、誰だと思って話してたんだよ」

「はあ……。係のおじさんだと」

「なんだそれ」

子ども会のリーダーに係のおじさんに。今日はかけ離れた人物に、間違われ過ぎだ。

「でも、どうして……ここに……？」

「まあ、なんとなくさ。つうか、お前、飯、食うだろ？　たこ焼き買ったから」

「はあ……」

「サックス吹いたら腹減るんじゃねえの？　もう一時前だし」

「はあ……」

「ほら、あっち座って食おうぜ。ばあちゃんらの踊り始まってっから、ここじゃ邪魔だし、あっちで見ながらさ」

「はあ……」

「はあ、はわかったから、ほら、早く」

舞台上では老人会のフラダンスが行われようとしていて、舞台袖《そで》にいるのは居心地が悪い。俺は和音の背中を押して客席の後ろのほうまで進んだ。和音はサックスケースを抱えて、じっと下を向いたままで歩いている。これじゃ、まるで俺が脅してるみたいじゃねえか。

「お前、そんな陰気な空気で歩くなよな。まあ、座れよ」

一番後ろに座った俺が隣の席を叩《たた》いて示すと、和音はうつむいたまま椅子の端のほうに小さく腰かけた。

「ほら、たこ焼き。ちょっと冷めたけど」

俺はたこ焼きのパックを和音に差し出した。だけど、和音は受け取ろうともせず下を向いたまま、首をかしげている。

「そこの屋台で買ったやつ。やばいやつじゃねえから」

「はあ……」

「はあばっか言ってねえで、食えよ。俺も食うからさ」

俺は和音の膝《ひざ》の上にパックを置くと、自分の分のたこ焼きを一個、口に放り込んだ。

「なかなかうまいんじゃね。ソースの味でごまかしてる感じはあるけどな。お前、まさかたこ焼き嫌い？」

「いえ、はあ……。あ、そう、お金、お金を払います」

「いいよ」

「でも……いただくのは」

「たかがたこ焼き十個だぜ。いちいちうるさいこと言うなよ。お前、本当面倒くさいやつだな」

「はあ。でも、そんな」

財布を出そうとしているのか、和音はごそごそとかばんを探りだした。

「いいって言ってんじゃん」

「いえ、その」

「もうらっとうしいな。じゃあさ、あの曲、あとで吹いてくれよ。音楽室で吹いたやつ。それでチャラってことで」

「はあ……」

和音はまた少し首をかしげた。そのたびに髪の毛が重々しくばさっと揺れる。

「はあって、前にプリント届けたとき、お前吹いてただろ？」

「どんな曲か……。曲名教えてもらったら」

「そんなもん、知るわけねえだろう」

「はあ……じゃあ、あの、どういう曲ですか」

「えっとな……。静かだと思ったらだんだん盛り上がってくるやつ」

「はあ……」

和音は考え込んでいるのか、前髪の奥の眉間《みけん》にしわが寄っている。ついこの間吹いた曲も思い浮かばないなんてふざけたやろうだ。

「なんかあるじゃん。らららららーら、ってやつ」

「はあ……」

「わかんね？　らーららー、らーららー。ららーで、最後はらーらーらーらー」

いつも鈴香と歌っているせいか、商店街の真ん中で歌うことも恥ずかしくはない。

俺は聞きたかった曲のサビを口ずさんだ。

「ああ、ピエトロ・マスカーニのオペラ、カヴァレリア・ルスティカーナの間奏曲ですね」

「な、なんだよ。わけわかんないカタカナ言葉一気に話すなよな」

はあしか言わない和音が突然たくさんの単語を話すのに、俺は面食らってしまった。

「はあ、いえ、すみません」

「カバレリかピストロかしんないけど、それを聞きたかったんだよな。食い終わったら吹いてくれよ」

「はあ」

「ってことで、食えよ」

和音は観念したようで、かばんを足元に置くとたこ焼きのパックを開けた。椅子にすら座らない、何も食おうともしなかった鈴香にいつも昼飯を食わせてるんだ。和音にたこ焼きを食わせるなど、俺にとっちゃ朝飯前だ。

「じゃあ……すみません」

「すみませんじゃなくて、いただきますだろ？　てめえ、丁寧なのか礼儀知らずなのかわかんねえやつだな」

「はあ……。いただきます」

和音はそう言って、そっと髪の毛をかきあげ肩の後ろに持っていくと、ぼそぼそとたこ焼きを一つ口に入れた。あたりまえだけど、ちゃんと目も鼻も口もあるんだな。いつも髪でおおわれているから、ただ和音の顔が見えただけで、貴重なものを見た気がする。和音は俺と目が合うと、おどおどと目をそらした。

「一人でサックス吹くのは、平気なのにな」

その姿に俺は思わず笑ってしまった。

「はあ」

和音はたこ焼きをまた一つ口に入れ、すぐさまうつむいた。顔を見られたら消えちまうわけでもないだろうに、どんな食い方だ。

「へんなやつだな。お前ってさ、中学のとき、不登校だったんだろ？」

舞台上では、ばあちゃんたちが派手なドレスを着てゆったりとフラダンスを踊っている。そのあまりの平和さに、俺はすっかりのんびりした心地になって、和音にあれこれ話しかけていた。

「はあ……まあ」

「それなのに、どうして高校は大丈夫なんだ？　今の高校、ガラ悪くね？」

「はあ……」

「居づらくねえの。教室」

「中学のときよりはまだいいかと」

「お前の中学そんなに荒れてたの?!」

あの高校よりひどいとなると相当だ。俺は思わず声が大きくなった。

「いえ……そうじゃなくて」

「そうじゃなくて、なんだよ」

「はあ……ただ……中学より、いろんな人がいるし、集団でやることも少ないし、その、風通しがいい気がして」

和音はとぎれとぎれに言葉を並べた。

「風通し？」

「はあ……息苦しくないからいいかと」

「そんなもんかな」

俺は、中学のほうが、居心地が良かった。いざ枠を外されると戸惑ってしまう俺は、ガキってことなのだろうか。

「でもさ、お前、あんな舞台でサックス吹けるくらい堂々としてんのに、どうして中学行かなかったの？」

「さあ……」

和音はたどたどしく話しながらも、またたこ焼きを口に入れた。シャイなくせに、どこかマイペースで笑えてしまう。

「さあって、てめえのことじゃん」

「はあ……たぶん、私、大田君みたいに人づきあいが上手じゃないっていうか、人と関わるのが好きじゃないっていうか……」

「俺みたいに？」

「はあ……」

「お前、俺が人と接するの得意に見えてんの？」

こいつ、前髪が長すぎて何も見えてないんじゃないだろうか。俺なんていつも周りから浮いてるか怖がられてるかだ。人づきあいが上手だなんて今まで一度も言われたことがないし、自分でだって感じたこともない。

「その、大田君、いつも誰かと一緒だし」

「それは、どうしようもねえやつらとつるんでるだけだろ？」

「それに、私みたいなのに平気で話して……」

「まあ、それはそうだな」

ただ通知表を間違われただけで、今まで和音と接点はなかった。そんな女子と並んでたこ焼きを食べてるなんて、ちょっとした出来事だ。といっても、和音の隣にいても、女の子といるときに感じる、そわそわするような浮ついた感覚も、胸のどこかがきゅっとしまるようなドキドキもちらりとも湧《わ》いてこない。だからと言って、楽しくないわけでもないけれど。

「暗いし……大田君とは全然違うし……。普通は、私となんか話したくもないでしょう」

「いやいや、お前、すげえキャラしてるぜ。さっぱり髪の毛くくってイメチェンすれば……」

俺はたこ焼きを食べてる和音の顔を見て言いかけた言葉を飲み込んだ。ドラマや漫画みたいに、和音は実はかわいかったというわけはなく、目も鼻も口も小さくこぢんまりした顔をしている。

「えっと、まあ、イメチェンはいいにしてもさ。お前、おもしれえじゃん」

「はあ……」

「一人で吹奏楽やってさ。見どころあるって感じだよな」

「はあ……。でも、大田君も、一人でクラブで走ってましたよね」

「ああ」

「もう走らないんですか？」

「走るだけならちょこちょこ走ってる」

「それなら、その、私もサックス吹いてるだけです」

「まあな」

そうだけど、和音はしっかりと舞台に上がっている。ちゃんと立つべき場所で吹いている。ただ、走ることしかしていない俺とは、どこかが決定的に違っている。

「……あの、終わったんで……帰ります」

「え？」

さっきの演奏を思い浮かべていた俺に、和音が告げた。

「その……終わりました」

「終わりましたって、何がだ？」

「はあ……たこ焼き」

空になったたこ焼きのパックを閉じながら言う和音に、俺はずっこけそうになった。

その言い方じゃ、無理やりやらされていた作業が終了したみたいじゃねえか。こいつ、人と話す機会を増やさないとだめだな。たこ焼きにも俺にも失礼だろうと文句を

言ってやりたくなったけど、俺は気を取り直して、

「おお、だったら吹いてくれよ」

と言った。

「はあ……」

「あの曲、食べ終わったら吹いてくれんだろ？」

「はあ、でも、ここではちょっと……」

「なんだよ。それじゃ、お前食い逃げじゃん」

「はあ……。でも、サックスって音が大きいから皆さんの迷惑に」

舞台上ではまだのんきにフラダンスが行われている。確かにここで吹いたんじゃ、ばあちゃんたちが気の毒だ。

「じゃあ、どっか移動しようぜ」

「はあ。でも、帰るんで……」

和音はもうサックスとかばんを持って立ち上がっている。こいつのペースに入り込むのはなかなかたいへんなようだ。

「そうかよ。じゃあ、またな」

俺はやれやれとため息をついてから、軽く手を振った。

「はあ……さよなら……」

「ああまた」

「……あの、大田君はまだ？」

和音は一歩歩きだしてから、振り向いて聞いてきた。まだこんな祭りの出し物を見るのかと不思議なのだろう。

「あと少しいるわ」

年寄りの演芸はもう十分だけど、さっきの子どもたちの歌は聞いてみたい。騒いでみたり、まじめになってみたり、ふてくされたりはりきったり。子どもっていろんな面を率直に出してくる。あいつらがどんな顔して歌うのか興味があった。

「あの……」

和音はまだ何かあるのかじっと俺のほうを向いたままだ。

「あんだよ」

「あの、二学期になったら、水曜日以外はその、クラブがあるんで……」

「だから？」

「その……あの曲」

ああ、そっか。そういうことか。

「じゃあ、今度、音楽室に聞きに行くわ」

「はあ……、では」

和音はゆっくりと頭を下げると、また背を向けてうつむいたまま歩きだした。

カヴァレリアなんとか。今日は聞けなかったけれど、二学期。高校生活が始まれば、あの曲が聞ける。そう思うと、少しだけ九月になるのも待ち遠しく思えた。

17

八月三日、月曜日。なぜか朝から気分がざわついていた。奥さんの出産予定日の前日。俺のバイトも終了間近。そんな思いがあるからだろうか。鈴香と遊んでいても、じっとしていられなくなって大きく伸びをしたり体を揺すってみずにはいられなかった。

鈴香のほうは俺が体を動かすと、お遊戯でもしてると思うのか、前に立って「ぴょーんぴょーん」と同じように動いてみてはきゃっきゃと笑っていた。

「鈴香、ロばっかで、跳んでねえじゃん。ほい、ぴょん」

俺が抱えてジャンプさせてやると、鈴香はおもしろがって、何回も「ぴょん！　ぴょん！」と俺に持ち上げるように催促した。

「お前、自分で思ってるより、重いんだからな」

「ぴょん！」

「はいはい」

「ぴょーん！」

「お前、掛け声だけは立派だな」

鈴香は大きな声を出すくせに、まるで跳ぼうとはせず俺に体を預けて持ち上げてもらうのを待っている。

「ぴょんぴょーん！」

「まったく、なんてやつだ」

鈴香と遊んでいると気もまぎれたけれど、昼ご飯になるとまたそわそわと心の中が浮き立った。

なんだろう、この感じ。小学校や中学校の卒業前のような心地。いや。違う。俺は学校に思い入れなどなかったから、卒業に至ったって何も感じなかった。入試前やけんかに呼び出されたときの緊張感。それとも違う。嫌なことの前の重苦しさではない。落ち着かないようなどこかぽっかりと穴が開きそうな……。そうだ、駅伝の県大会で最後の坂を走ったときだ。ゴールが見える安心感と同時に、誰にも抜かれてはいけないという張り詰めた空気が俺の中には迫っていた。そして、そこにはこんなふうに走るのはもう終わりなんだという決定的な寂しさがあった。あのときと、どこか似ている。

「ぶんぶ！」

鈴香に大声で呼ばれ、俺は慌ててご飯を口の中に入れてやった。

「いしーね！」

鈴香はご飯で膨れた頰を自分で触りながら、そう言った。

「いしーいしー」と言っていた鈴香は最近、「おいしーね」と同意を求めるようになってきた。並んで同じものを食べるのはあと数回。

今日は、豚こま肉をカリカリに焼いて野菜と和《あ》えてご飯にかけたどんぶりが昼食だ。俺もすっかり薄味になれて、この味つけをおいしいと感じる。

「確かにうまいな」

俺も口いっぱいにご飯を押し込んだ。鈴香は、感傷的な俺などお構いなしに、さっさと「ごーさまでった」と手を合わせると、食べきってもないのに椅子から立ってうろうろしている。

奥さんの退院予定は日曜日だ。バイトもまだ五日もある。ふさぎこんでいる場合じゃない。それまではするべきことがちゃんとある。

「おい。ったく、最後の一口まで座って食べろよな」

俺は歩き回っている鈴香を膝の上に座らせると、ご飯を口に入れてやった。

「いしーね!」

「それならじっと食べろよ」

「いしー、いしーね」

「はいはい。お前は口ばっかだからな。あれ? なんだ?」

俺がやれやれと肩をすくめていると、スマホが鳴った。

突然の着信音に驚きながらスマホを耳に当てると、すぐさま先輩の大きな声が聞こえてきた。

「お、俺。大田?」

「そうっすけど」

鈴香は俺の膝の上から逃げ出すと、ちょこちょこ歩きながらも、スマホのほうを気にしている。

「あ、俺、あのさ」

「どうしたんすか？」

「今から、嫁さん手術なんだって」

「手術?!」

「あ、ああ。手術っても、あれだぜ出産の帝王切開」

「あれ？　明日じゃ」

「なんか今にも生まれそうで、さっき嫁さんから電話があって、そう、なんか、もう点滴じゃ生まれようとするのを抑えられないらしくてさ。今日の朝に手術が決まったって」

先輩は焦《あせ》っているのだろう。声も大きいし、ずいぶん早口だ。

「そうなんすね」

「赤ん坊ももう明日で三十七週だから大丈夫だろうって急きょ手術になったみてえで。まあ、一日早まっただけで、全然問題ねえんだけどな」

「えっと、あ、そっか。それじゃ、鈴香連れてすぐ病院行きましょうか？」

鈴香は自分の名前が呼ばれたのに気づいて、俺の横に寄って来た。

「いや、病院来ても、鈴香が困るだけだろうし、それはいいんだ。手術なんて三十分もかからねえらしいし、来たところで、居場所もねえしさ。夕方一度帰って、鈴香はそのあと俺が病院連れて行くから。とりあえず、今は俺だけで」

「わかりました」

「ああ、そっか。そうだよな。だったら大田に電話することもなかったな。無駄に心配させちまったな」

「いえ、教えてもらってよかったっす」

俺は膝の上に乗っかって来た鈴香の頭を撫《な》でながら答えた。

「えっと、今、俺、運転中なんだ。突然悪かったな。まあ、そういうわけだから。もう切るわ。鈴香頼むな」

「わかりました。先輩、気をつけ……」

と俺が言っている最中に電話は切れた。

スマホを食卓の上に置いたとたん、俺の心臓は一気に跳ね上がった。朝から感じていた落ち着かなさは、この前触れだったのだろうか。なにも心配などすることはない。一日早く生まれるだけだ。そうわかっているけれど、出産と聞くと、手術と聞くと、どうしたって鼓動は速くなった。

「ぶんぶー」

膝の上の鈴香が俺の顔を見上げた。

「ああ、そうだ。お前にも知らせなくちゃな。鈴香、お前の妹が今日生まれるんだって」

「いもーと」

「そうそう。妹。赤ちゃんな」

「いもーとー」

鈴香は先輩や奥さんに教えてもらっているのだろう。最近上手に言えるようになった「いもうと」を繰り返した。

「俺たちはここで、待ってたらいいだけなんだけどな」

「いもーと！」

「そう。今日の夕方には妹に会えるぜ。それまではそうだな、まあいつもどおりってことで」

俺にできることなどないのもわかっているし、先輩や奥さん、病院に任せておけばいい。それでも、落ち着いてはいられなかった。昼ご飯を片付けた後、お決まりとなっている絵本を読もうかと思ったけれど、とてもそんな気にはなれない。今のこの跳ねている心臓で、もう暗記している絵本をじっと座って読むなんて無理だ。鈴香のほうも俺の緊張感が伝染《うつ》ったのか、妹が生まれるというのがわかるのか、いつもなら昼ご飯を食べてしばらくするとうとうとするのに、目をしっかり開けている。

「じっとしてっと、よけい落ち着かねえもんな」

「ぶんぶー!」

鈴香はそのとおりだというように声を上げる。

「どっか行くか?」

「とっとー!」

「そう外。でも、公園で遊ぶってのもなんか違うし……。そうだ、鈴香、神社行ったことあるか?」

「じーじゃー」

「神社な。近くにあるんだけど、行ってみっか」

公園に行く途中、郵便局の裏手に、神社がある。田舎だからか、農家の人が豊作を祈るからか、この辺りは神社が多い。駅伝大会の前日、あの日も俺は落ち着かなくて、夜、突然神社へとでかけた。まさかそのおかげではないだろうけれど、県大会に進出できた。一応神様なのだから、今日だってそれなりの仕事はしてくれるはずだ。

郵便局の裏から続く坂道を上がり、木が茂った林の中、石段を十段ほど上がったところに神社がある。小さな神社は、時々人が訪れているようで、きれいに整えられていた。

「よいっちょー、よいっちょー」

石段を鈴香は一段一段ゆっくりと上っていく。不安定ながら、階段も一人で上れるようになった。俺が鈴香と過ごしたのは一ヶ月にも満たない。それなのに、言葉が増え、器用になって、手足も強くなっている。鈴香にとっての一ヶ月は、俺の何年分に値するのだろう。いつからだろうか、俺はできることなど何一つ増えなくなった。それどころか、数学に理科。真剣に取り組むことに、仲間と作りあげること。できないことが増えていくばかりだ。って、俺まだ十六歳じゃねえか。なによぼよぼのじじいみたいなこと言ってんだ。と俺が自分を笑ってる間に、石段を上りきった鈴香が「ついたー!」と手を上げた。

「おお、鈴香。やるじゃねえか」

「でったー、でった」

鈴香は神社に入るや否《いな》やしゃがみ込むと、敷き詰められている砂利を拾い始めた。白や黒や茶色。色とりどりの石が珍しいのだろう。拾ってはじっと眺めている。俺はその横で大きく深呼吸をした。

日差しが木々に遮られているからだろうか、神様がいる場所だからだろうか。ここはほかの場所の暑さや騒々しさがうそみたいに、ひんやりと澄んだ空気が満ちていた。

鈴香は、そんなことなどおかまいなしでせっせと遊んでいる。

「どこだってお前は楽しいんだな。って、おい、こら」

俺は石を両手にいっぱい握りしめて、運んでいこうとする鈴香の手を取った。

「石は動かしちゃいけねえんだぜ」

「いしー?」

「そう。なんか、昔ばあちゃんが言ってた気がする。勝手に居場所を替えられると落ち着かねえんだって」

「ないない?」

鈴香は石でいっぱいにした手を俺に見せて、そう聞いた。

「そう。ないない。下に置いといてあげな」

「ないなーい」

鈴香は石をそっと足元に置いて、「ばいばーい」と手を振った。

「石の代わりにさ、これ、ぽいしようぜ」

俺はポケットから百円玉を出して、名残惜しそうに石を見ている鈴香に握らせてやった。

「ぽい？」

鈴香は百円玉をぎゅっと握ると、不思議そうに首をかしげた。

「そう。これを、あの箱にぽーいしてお願いすんだ」

「ぽーい」

「そう。鈴香、おいで」

俺は鈴香を抱きかかえると、賽銭箱《さいせんばこ》の前に立った。拝殿はずいぶん古い建物で、木の部分は黒や灰色に変色している。雨風や暑さ寒さをしのいできた姿は重厚で、どこかありがたさを感じる。

「よし。この中に、ぽいして」

俺は腕の中の鈴香の手を取ると、賽銭箱の上へと導いた。

「ぽいぽい」

「そう。ちゃんと中に入れてな」

鈴香は俺の顔を見てから、お金をそっと目の前の箱に落とした。「無事に赤ちゃんが生まれてきてくれますように」と百円玉が落ちた音が聞こえるのと同時に、俺は心の中で唱えた。鈴香のほうは俺の腕の中で賽銭箱を必死でのぞいている。

「ないない」

「そりゃ、鈴香ぽいってしたんだから」

「ないーないー！」

「なくなったんじゃなくて入れたの」

「ぶんぶー！」

自分で投げ入れたくせに、手に握っていたものが見えなくなって鈴香は慌てている。

「あの百円は神様にあげたんだぜ」

「あーた？」

「そう。あげたんだ。百円渡して、その代わり、鈴香の妹が元気にやってきてくれるようにって頼んだんだ」

「いもーと」

「そう。元気でかわいい妹な」

俺は、鈴香に説明しながら百円でえらい願いをかけたもんだなと申し訳なくなった。もう少し金を追加するか。いや、なんかそれじゃ、取って付けたみたいでいやらしいかと思いながら見ているとゝ賽銭箱の横の棚に、お守りが売られているのを見つけた。

「なんだ。こんなちっちゃな神社なのに、お守りとか売ってたんだな」

何種類かお守りが並べられ、そばにお金を入れる大きな貯金箱が置かれている。人がいないんじゃ取り放題になりそうだけど、さすがにお守りを盗む人はいないのだろう。

「何か買おうか？」

俺が抱えたまま、お守りの前に移動すると、鈴香は物珍しさに、並んだお守りを触ろうとすぐさま手を伸ばした。

「こらこら。勝手に触んなって。どれにしようか。今さら安産守りってのもちょっと遅いだろうし。学業成就《じょうじゅ》、金運上昇……これはお守り買うほど重要なことでもねえな。あ、これいいじゃん。鈴香いるか？」

布で縫われた赤ちゃんがついた小さなピンクの巾着《きんちゃく》型お守り。子ども守りと書かれている。

「ぶんぶー！」

俺が指さすのに鈴香は大きくうなずいた。

「じゃあ、これにすっか。って六百円もすんのかよ。って、そんなに小銭持ってねえし。この箱お釣りなんか出ねえよな。おい、マジかよー」

俺は鈴香を下ろすと、箱にしぶしぶ千円札を突っ込んだ。願をかけるのには百円で済んだけど、鈴香を守るのにはその十倍もかかるのだ。

「はい。鈴香。大事大事すんだぜ」

お守りを渡してやると、鈴香は「やったー!」と手を上げた。なんでも目新しいものを手にすると、すぐに顔をキラキラさせる。鈴香は「だーじ、だーじ!」と言いながらお守りを持って、あちこちちょこまか走った。

「もう生まれてるんだろうな」

先輩は、手術は三十分くらいだと言っていた。今頃赤ちゃんと対面しているのだろうか。真夏の赤ちゃん。きっと元気いっぱいの赤ん坊のはずだ。

「よし、鈴香そろそろ帰るぜ」

俺は音を鳴らしながら大股《おおまた》で砂利の上を歩いている鈴香に声をかけた。どこでもおもしろいものを見つけて遊べるのは、子どもの才能だ。

「帰るってば。ほら、鈴香おいで」

砂利を踏みしめるのに夢中になっている鈴香に「おいで」と手を広げると、鈴香は満面の笑みを俺に向けた。

「おいで」と呼びかけると、何をしていても、鈴香は一瞬でぱっと顔を上気させる。

体中から抑えられない笑みがこぼれて、必死でこっちに向かって走ってくる。その全身からあふれる喜びを見たくて、用がなくても、俺は「おいで」と言ってしまう。「おいで」と言われることが、子どもにはものすごくうれしいことなのだ。

いや、いくつになってもそうかもしれない。

「大田も駅伝来いよ」

中学三年生の夏前。クラスから浮き始め、誰もいないテニスコートでタバコを吸いながら昼休みをつぶしていたとき、そう声をかけてもらった俺は、今の鈴香みたいに心を躍らせていたはずだ。「こっちにおいで」そんなふうに言ってもらえることは、どれだけ幸せなことだろう。

「だんだん」

「そ。階段気をつけてな」

上りは一人で大丈夫だけど、階段を下りるときには鈴香はあたりまえのように俺の手を握りに来る。

神社に参ったからだろうか。階段を一段一段、鈴香と手をつないで下りていくたびに、心がすとんと落ち着いていく。きっと大丈夫だ。出産は無事に終わっている。それに、小さな右手にぎゅっと握られたお守りが鈴香のこれからをそっと照らしてくれるはずだ。

18

翌日の火曜日は、バイトは休みとなった。先輩は朝から鈴香と病院に行くと言っていたから、俺も見舞いに行こうかと思ったけれど、産婦人科の病室に旦那《だんな》でもない男が行くなんて非常識だとおふくろに一喝された。産後は疲れ切っているうえに、新生児の世話もある。授乳もしなくてはいけないし、術後の体で赤ちゃんを抱かなくてはいけない。そんなところに、身内でもない男が訪ねて行くのは、とんでもないことらしい。鈴香の妹を見てみたかったけれど、常識はずれなことはしないほうがいいだろうとあきらめた。

昨晩、先輩から電話があり、無事に女の子が生まれたと知らされた。早く生まれた分三キロ弱で少し小さいけれど、嫁さんにそっくりのとてもかわいい女の子だと先輩は興奮しながら言っていた。途中、電話口に出てきた奥さんも、何度も俺に礼を言いながら、無事に生まれてよかった。長い入院生活の分いとおしく感じると声を震わせていた。

よかった。電話から二人の幸せがにじみ出てくるようで俺もほっとした。でも、それと同時に、「鈴香のこともお願いします」他人のくせにそんなことを言いそうになって、俺は思わず口を押さえた。変な気を回す必要なんかない。鈴香だって妹ができて大喜びしてるのだから。

さて。今日はどうしようか。病院に行くつもりで身支度を整えていた俺は、おふくろが置いていったおにぎりをほおばりながら考えた。あっという間の一ヶ月だ。もうすぐ赤ちゃんと奥さんがあの部屋に戻ってくる。その姿を思い浮かべて、はっとした。見舞いに行けないのなら、先輩の家に掃除しにいくか。奥さんが赤ちゃんを連れて退院したら、怒濤《どとう》の日々が待っているはずだ。鈴香の面倒を見て、生まれたての赤ん坊の世話をして。子どもが二人いれば、それだけで一日が終わってしまうだろう。奥さんが不在の間、たまに先輩が掃除機くらいはかけているようだし、俺や鈴香も片づけ程度のことはしている。だけど、一ヶ月もの間、きちんと掃除をしていないと、どことなく薄汚れてしまう。合鍵《あいかぎ》を預かっているから、誰もいなくても家には入れる。人の家の中を勝手に触るのは気が引けるけど、せめて目につく部分だけでもきれいにしておきたかった。戻ってきた奥さんがほんの少しでも余裕を持てるよう、できることはやっておくとするか。

先輩の家に着くと、俺は窓を開け放って、掃除機をかけた。先輩が時々かけているといっても、隅に追いやられたほこりが案外ある。こんな中で、鈴香は昼寝をしていたんだと思うと、ぞっとする。掃除機が終わると、水回りだ。洗面所のシンクをスポンジでこすると、ぬめりがきれいになってつやがでる。手を洗う場所はこれくらいきれいじゃないとな。俺はだんだん調子が出てきて、トイレやふろ場も念入りに磨き上げた。やり始めると、ちょこちょこ気になって、汚れを落とさないと気が済まない。中学のときは掃除当番を一度もしたことがなかったけれど、本来俺はきれい好きなほうだ。つまようじの先で目地に入った汚れを取り、蛇口の水垢《みずあか》はタオルでピカピカになるまでこする。鈴香がいるとこんなこととてもできやしない。掃除機をかけようものなら、自分も触りたいと寄ってくるし、どこだってついてきて俺の腕を引っ張るから、洗剤など使えやしない。掃除って、本格的にすると結構な重労働で、Tシャツも頭に巻いたタオルも汗でじんわり湿っている。

よっしゃ。最後は拭《ふ》き掃除だな。俺は雑巾を固く絞ると、タンスを拭き始めた。鈴香が食べ物や粘土などがついたままの手で触るから、家具もテレビも窓も鈴香の手形だらけだ。俺の手の三分の一もないような小さな手。そんな手を、気になるものすべてに伸ばそうとするから、無数に手形がある。なんだよ、ここもかよ。本当にいたるところだな。いつのものだろうか。年季の入った鈴香の手形をこすって消すと、テレビもタンスも窓も本来の色を取り戻して部屋も明るくなった。

あとは、この棚で終了だ。食卓横の戸棚は雑多に物が置かれているから、ほこりがたまっている。俺はそっと物をのけながら丁寧に拭いていった。人形にガラス細工に置物。たくさんの写真立てには、鈴香の生まれたときの写真、先輩と奥さんが並んでいる写真に、先輩が学ランを着てしゃがみ込んでいる高校時代の写真まである。せっかくの写真なのにどれもほこりをかぶっている。いつから掃除してないのだろうと、柔らかい布でフレームを拭きながら、俺は思わず噴き出しそうになった。

生まれたての鈴香を抱く先輩の顔ときたら、なんて穏やかなのだろう。とろけそうな表情には、けんかっぱやくて有名だった面影などどこにも残っていない。人は変わるとは言うけれど、顔つきまでこんなにも変わってしまうんだ。

昔の先輩は相当のワルだった。体が大きいうえに、小さいころから合気道をやっていたから腕っぷしも強く、けんかに明け暮れていた。中学校も高校もほとんど行かず家にも帰らず、バイクを乗り回しては、友人たちの家を転々としていて、俺の家にもよく泊まりに来た。三歳年が離れているのに、どこか気が合うのか、先輩は俺のことをかわいがってくれた。

一年で高校をやめた先輩は、バイトも続かず長い間ふらふらしていたようだけど、子どもができて結婚したとたんおもしろいくらいにまじめになった。どうせすぐに辞めるだろうと思っていた今の会社は、三年近く続いている。

「いやあ、一人じゃないってマジきついけど、やる気だけはでるわ。ま、散々やりたい放題やって来たから、はめ外すのにも飽きたってだけなんだけどな」

結婚して半年が経《た》ったころ、先輩はそう笑っていた。

「今までまじめにやったことがなかった分、仕事とかしんどいことも、やってみりゃ案外楽しいんだよな。大田もそうだろ?」

「え?」

「えって、お前、楽しいから、走ってんだろ?」

そのころの俺は中学三年生で、がらにもなく坊主《ぼうず》にして、陸上部でもないのに半ば強引にメンバーに入れられた駅伝チームで県大会に向けて練習していた。

「まあ、そうっすね」

「今の大田、かっこいいよな。マジ、輝いてる」

あのとき、先輩は心底そう言ってくれた。

走っていた俺は、輝いていたのか。じゃあ、今の俺はどうだろう。必死になるものがなくなって、鈴香を抱く先輩みたいな穏やかな顔をしているのだろうか。それとも大事なものなどなくなって、怖いもの知らずの高校時代の先輩みたいに血の気が多い顔をしているだろうか。いや、俺はどれにもなりきれてやしない。不良でもなければ、ひたむきでもない。ただ、先に何も見えないまま、何も手にせず、ぼんやりと立っている。それが俺だ。今の自分を考えだすと、やりきれなくなる。そんな無駄なことに頭を使うのは、やめだ。

俺は棚の上の物をきれいに拭き終えると、写真立ての後ろに乱雑に置いたままになっていた本を、戸棚の中に戻した。

「なんだ、この中もアルバムだらけじゃねえか。先輩も奥さんも写真好きなんだな」

結婚前の奥さんはどんな感じだったのだろう。アルバムくらいなら勝手に見てもいいだろうと、俺は「さつきの記録①」と書かれた一冊を手に取った。

「あれ？　これはアルバムじゃねえんだ」

俺が手にしたものは写真ではなく、子ども時代の奥さんの様々な記録が綴《と》じられたファイルだった。幼稚園の出席カード。手形に運動会の表彰状にただの名札。何が書いてあるのかわからない絵や、折り紙。

おふくろはおおまかだから、俺はアルバムすら一冊しかないのに、「さつきの記録」は⑥まである。

事細かに丁寧に残された記録は、どこか窮屈にも感じる。でも、こんなファイルを作ってくれた人を完全に切ってしまっていいのだろうか。いや、俺が何かできるわけでもない。自分をかいかぶればまた空回りするだけだ。俺はそっとファイルを戸棚にしまうと、台所へ向かった。

ここへ来る途中、スーパーに寄ってたくさんの食材を買ってきた。奥さんは料理が得意じゃないと言っていたし、しばらくは赤ん坊の世話にかかりきりで台所に立つのも難しいだろう。そうなって、また鈴香がレトルトの幼児食やコンビニ弁当でお腹《なか》を満たすようになるのはよくない。先輩だって奥さんだって、大変なときほど栄養をつけなくては体がもたないはずだ。だから、鈴香の好きなおかずぐらいは、何日か分作って冷凍しておこうと思ったのだ。

きれいになった台所で料理をするのは気分がいい。俺はさっそく包丁を握った。人参《にんじん》やほうれん草。鈴香の苦手なものを細かく切って入れたチャーハン。フライパンで炒めていると、鈴香が横に座ってジュージューと言っていた姿を思い出す。鱈《たら》とジャガイモの味噌《みそ》味のグラタン。鈴香は蒸したジャガイモをつぶすのを得意げな顔で手伝ってくれていたっけ。片栗粉《かたくりこ》をつけたイワシを甘辛いたれで絡《から》めたかば焼き。鈴香の好きな味付けだけど、濃い味に慣れないようにしないとなと醤油《しょうゆ》を慌《あわ》てて控える。人参とレンコンを細く細く切ってツナ缶と炒《いた》めたきんぴら。この細さなら人参嫌いの鈴香もなぜかおいしいと言って食べる。豚こま肉をカリカリに焼いて野菜と和えたもの。ごま油で焼いていると、その香ばしいにおいに、鈴香は「はーく！　はーく！」とせかしてきた。そして、なんといってもふわふわのハンバーグ。これは鈴香の大好物だからたくさん作っておかないとな。

一とおり作り終えた俺は、冷ましてから家から持ってきた保存容器に入れていった。簡単なものばかりだけど、ざっと十日分はある。これだけあれば、しばらく食事には困らないはずだ。人参残さず食うかな。ちゃんと座って食べるだろうか。しっかり噛《か》んでくれよな。順番に詰めながら、あれこれ気をもんでいる自分に笑ってしまう。ハンバーグは一つ一つラップでくるむ。小さいサイズのハンバーグを手に載せるとまだほんのり温かくて、「いしーね！」と鈴香がほおばっている姿が目に浮かんだ。

でも、このハンバーグを食べるときは、俺は横にはいない。そう思うと、どうしてだろうか、鼻の奥がツンとなりそうになった。ばかだろうか、俺は。とんでもないバイトがやっと終わろうとしてるんだ。俺は鼻をこすると、次々と冷凍庫におかずを詰めていった。

19

水曜日。先輩の家に行くと、鈴香は俺の姿を見るなり手を引っ張ってリビングに連れていった。新しく車のおもちゃをもらったようで、床の上を走らせながら「ぶっぶー」と俺に見せている。

「昨日病室で鈴香が退屈してたらさ、向かいのベッドに見舞いにきてたじいさんがくれたんだ。じいさんやばあさんって、びっくりするぐれえ、簡単に子どもに物与えるんだな」

先輩が着替えをしながら言った。

「孫には甘いってよく言うし、って……まあ、わかんねえっすけど」

先輩や奥さんは親と連絡を絶っているのだから、鈴香には親戚《しんせき》もいないようなものかもしれない。俺はよけいなことを言いかけて口をつぐんだ。

「らしいな。物もらえるんだったら、親父《おやじ》やおふくろと仲良くしときゃよかったな」

先輩はそう笑うと、「それより、家、きれいにしてくれたんだな」と頭を下げた。

「少しだけっすけど」

「少しってこりゃ大掃除じゃね？　昨日病院から戻って、俺も鈴香もすげえ驚いたぜ」

鈴香は先輩の言葉を聞いて、車を動かしながら「すげーすげー」とまねしている。

そう言われて改めて見てみると、思った以上に必死で掃除していたようで、部屋は見違えるようになっていた。

「やりかけたら本気出してやっちゃいました」

「土曜日に嫁さんが帰ってきたら感動するだろうな」

「土曜？」

「ああ、そうそう。一日早く出産したから退院も一日早まったんだ。病院ってあんまり長居させてくれねえもんな」

「そうなんすね」

「一日早くなったところで、大田に来てもらうのは金曜日までだから変わりねえんだけどな。ま、金曜は俺、早く帰るし。大田、長い間悪かったな」

「ああ、いや」

「あと三日でこの苦しい生活から解放だから、もう少し辛抱してくれ」

「解放って」

先輩に合わせて笑ってみたものの、三日という簡単に数えられる日数に、胸は騒いだ。もう完全にカウントダウンが始まっている。

「今日病院にちょっとだけ寄ってくるから、わりいけど少し遅くなるわ。なるべく早く帰るけど」

そう言う先輩の顔はほころんでいる。

「いや、全然大丈夫っす。やっぱ、赤ちゃん見たいですもんね」

「まあなあ。生まれたての赤ん坊って、別格だよな。まだ何も知らねえあの小さな塊って純粋そのもので……って、しゃべってたらやべえ、こんな時間だ。俺行くわ。鈴香じゃあな。大田、よろしく」

「バイバーイ」

先輩が慌てて出て行くのに、鈴香はさっさと手を振ると、車を横に押しやり隅のおもちゃ箱へと向かった。先輩も鈴香もこの生活にすっかり慣れて、別れを惜しむこともない。俺がここに来てからの時間の長さを改めて感じる。

「今日は積み木からか？」

「よいちょ、よいちょ」

鈴香は積み木を箱ごとリビングの中央まで移動させてきた。

「あーけてー」

「あいよ」

俺が箱を開けてやると、鈴香はピンクの積み木を手にした。

「ちびっこでも女はピンクが好きなんだな」

「ピーク、つーき、かーいー」

「積み木？　かーいー？」

鈴香が手にしたピンクの積み木を見せて言うのに、俺は首をかしげた。

「かーいー」

「かーいーってなんだ？」

かーいー。高いということだろうか。いや、まだ一段も積み木を積み上げていないからそれは違うだろうし、どこか体がかゆいわけでもなさそうだ。

「かーいー、かーいー、かーいーねー」

鈴香は覚えたてらしい言葉をうれしそうに連発した。最近鈴香の言葉は勢いよく増えていて、もう奥さんのノートに書かれた言葉辞典ではとてもおいつかない。

「鈴香新しい言葉ばっか話すから、俺、ついてくのたいへんだわ」

俺が嘆くのにもかまわず、鈴香は「かーいー、ね」と、同意を求めるように語尾を強めた。

「ねって言われてもなあ。かーいーがわかんねえからさ」

鈴香はどうしてわからないんだと俺の顔をのぞき込んで言う。あやふやな言葉でも、通じるものだと思っているから、困ったもんだ。

「かーいー。うーん、なんだろう」

「つーき、ちゃかちゃん、かーいー、ねー」

「ちゃかちゃん？　なるほど、そっか。赤ちゃん、かわいい。だな？」

「ぶんぶー」

鈴香は正解というように手を叩《たた》いた。

「昨日、鈴香も会ってきたんだもんな。妹、かわいかったんだな」

「かーいーねー」

「鈴香みたいなチビから見ても、ちっちゃい子どもはかわいいのか」

「いもーと、かーいーねー」

鈴香は通じて喜んでるのか、何回も「かーいー」を繰り返した。

「へえ。よかったじゃん。妹、鈴香に似てんのか？」

「かーいー、かーいー、ね」

「赤ちゃんだから、ずっとえんえんって泣いてたんじゃね?」

「いもーと、かーいー」

「かわいいのはわかったからさ。赤ちゃん、ねんねしてた? もう手とか動いてた?」

「かーいー、ね」

「かわいいばっかじゃん。他に妹の情報ねえのかよ」

俺はそう笑いながらも、胸がきゅっと詰まるような感じがした。一日でこんなに何度も言うようになるほど、奥さんも先輩も「かわいい」と口にしていたのだ。生まれてきた子どもがかわいいのは当然だ。だけど、ふと心配がよぎってしまう。妹に夢中で鈴香が忘れ……られるわけがないか。俺の鈴香びいきのほうがはなはだしい。先輩は帰宅するとすぐに鈴香のもとへと行くし、奥さんは毎日電話で鈴香の様子を聞いてくる。二人ともちゃんと鈴香を大事にしてるじゃないか。

「でったー!」

無駄な心配をしている俺の隣で、鈴香は大きな声でそう言うと、ぱちぱちと手を叩いた。

「何ができたんだ？……って、鈴香、すげーじゃねえか」

「すげー、すげー」

「おお、本当にすごいよ鈴香。いつの間に」

鈴香の前には三段だけだけど、ちゃんと上に積み上げられた積み木が立っている。最初は俺が積んだ積み木を崩して喜び、次は横に並べてばかりいたのに、こうして積み上げられるようになるなんて。

「じょーじゅ！」

「うん、上手だ。鈴香やるじゃん」

「じゅーじゅ、じょーじゅ。わあ」

ほめられて気をよくした鈴香は、大きな積み木を四段目に載せようとして、作った積み木を倒してしまった。

「そんなでかいの載せたら、そりゃ倒れるぜ」

鈴香は積み木が崩れた瞬間は驚いていたものの、けろりとして転がる積み木を眺めながら「あーあー」と言った。作ったものを倒されるたびに、俺がため息ついていたのを、まねしているのだ。

「あーあーって、お前全然残念がってねえだろ。積み木が崩れたらあーあーって言うのが決まりってわけじゃねえの」

「あーあー」

「だから、あーあーばっか言ってねえで、ほら、もう一回作ってみろよ」

「もっかい」

鈴香はもう一度同じ順に積み木を積み、四段目でまた失敗しては、あーあーと言ってはしゃいだ。

「大きいのを上に載せるから崩れちまうんだ。ほら次にこの小さいの載せてみ」

俺が小さな四角の積み木を渡してやると、鈴香は難なく四段目に載せ、「でったー」と拍手した。

「なかなかやるじゃん」

「すげー、ね」

「おお、すげー。よし、じゃあ、一緒に大作作ろうぜ。二人だと、結構なの作れんだろう。じゃあまず、鈴香これ置いて」

俺は箱から一番大きな四角い積み木を出して鈴香に渡した。鈴香は任されたのがよっぽどうれしいのか、受け取った積み木を「よいちょ！」と大きな掛け声をかけながら置いた。

「よし、じゃあ、次はこの黄色いの」

「よいちょ！」

鈴香は手のひらを大きく広げて俺から積み木を受け取ると、元気いっぱいに置いていく。

「よしよし。鈴香そんなはりきらなくていいから。そっとな」

「とっとな」

「そう。静かに置いてくれよ。じゃあこれを上に積んでくれ」

「よいちょ」

鈴香は満面の笑みで積み木を受け取り、意気揚々と積み上げていく。ただ、積み木は右や左に寄っているから、ちょっと動くと倒れそうで、俺は鈴香にわからないようにこそっと積み木をそろえた。

「次は水色の四角。鈴香、真ん中に置いてくれよな」

「よいちょー」

「おお、いいじゃん。もう七段もできたぜ。もう少しで家、いや、このでかさはもはや城だな。城が完成するぜ」

「ちろー」

「ちろーじゃなくて、城。大きなすごい家な。よしこれ、鈴香、そっとだぜ」

「そそ」

「そう。そそっとな」

積み木が高くなっていくのに、さすがに鈴香も緊張感が出てきたのか、小さな声で「そそそそ」と言いながら慎重に積み木を載せている。

「よし、十段目！　最後は三角」

「そそそ」

集中しているのだろう。鈴香は唇を尖《とが》らせ瞬《まばた》きもせず自分の指先を見つめたまま、そっと一番上に積み木を載せた。

「おお、すげーできた！」

「でったー」

俺と鈴香は二人で一緒に手を叩いた。

二週間ほど前、積み木を渡したときには鈴香には早すぎたかもしれないと思っていたのに、今、目の前では城が完成している。子どもは、一ヶ月も経たずに、新しいことができるようになるのだ。

「いい城じゃん。鈴香上手だな」

「じょーじゅ！　つーき、つーき」

「鈴香は積み木プロだな」

「つーき、すげーね」

城を作り上げた鈴香はご機嫌で、まだ箱に残っている積み木を出してきて積み上げだした。すっかり夢中になっているようだ。よし、今のうちに、ごちそうでも作るとするか。俺は「すげーすげー」と鈴香に声をかけながら、台所へ向かった。

冷蔵庫には昨日買いこんだ食材がまだ残っている。出来立てを一緒に食べられるのはあと、三回だ。

おいしくて栄養があって、ついでに鈴香のうきうきする顔が見られるもの。何にするかな。

やっぱりハンバーグを作るとすっか。でも、いつもとは違って、真ん中にチーズを入れて丸める。中からとろっとチーズが出てきたら、びっくりするだろうな。それと、ピーマン。苦いし食わねえだろうと手を付けずにいたけど、ちょっと挑戦してみっかな。細く切って甘辛く炒め、それを餃子《ぎょうざ》の皮で包んでみる。中がわからないから、まずは食べてくれるだろう。ピーマンに気付いたら顔をしかめるだろうけど、その顔もおもしろいからいい。ご飯はおにぎりにして、真ん中にだし巻き卵を入れて握る。今日は中身がお楽しみ献立だ。鈴香はあれこれかじってはしゃぐだろう。その姿を想像するだけで、頬が緩んだ。

「よーし、もうすぐできるぞって……あれ？」

ハンバーグも餃子も焼きあがり始め、食卓を整えようとリビングに向かうと、鈴香は積み木の前でころんと転がって寝息を立てていた。

「なんだよ。あまりにも静かに遊んでると思ったら、まだ十一時なのに昼寝してんのかよ」

台所からはハンバーグと餃子の焼ける香ばしいにおいが漂っている。もうすぐ昼ご飯だけどしかたがない。俺はひとまず火を消した。

昨日は病院に行って、鈴香なりに気も遣ったのだろう。鈴香には簡単に気持ちが伝染するから、興奮している先輩の横では、夜もぐっすり眠れなかったのかもしれない。それに、妹ができたのは大きな変化だ。いつもどおりはしゃぎながらも、その変化に対応するのに疲れが出てもおかしくない。

押し入れから布団《ふとん》を出してきて、その上に鈴香を寝かせる。抱き上げてもびくともせず、鈴香は三角の積み木を手に持ったまま、熟睡している。

「本当、よく寝てんな」

柔らかい頬がほんのり赤くなって、うっすらと開いた唇から小さな寝息が漏れている。

起きているときは泣いたり騒いだり、ころころ表情が変わるのに、寝顔は穏やかだ。苦しさや悲しさなど何も知らないような健やかな顔。ぎゅっと積み木を握りしめる小さな手。そんな姿を見ると、心のどこかで固くなったものがほどけていく気がする。

しかたなくバイトを引き受けてここに来た俺が、積み木をして昼ご飯を作って絵本を読んで公園に行っている。おむつの替え方も、抱っこの仕方も完全に身についたし、子どもの歌だって歌えるようになった。

鈴香のうれしそうな顔が見られたら、鈴香の不安や寂しさを減らせたら。それだけで勝手に体が動いていた。鈴香に必要とされるたび、どうしようもない俺に意味がもたらされていくようだった。鈴香といれば、やりきれない間延びした毎日が、色づいていくように思えた。俺はいい人間なんかじゃない。他人のことなどどうだっていい身勝手なやつだ。けれど、おおげさじゃなく、鈴香の笑顔を見るために、俺の時間は使われていた。

一歳十一ヶ月の鈴香。今が一番いい時期だと何度か言われた。今までにどんな日々があったのか、これから先にどんな時期があるのかはわからない。だけど、こんな俺を動かしてしまうんだ。今の鈴香ならできることがある。あと三日。残りの時間は、ただ終わりを待つだけの時間ではない。俺と鈴香なら、次につながる何かを、生み出せるかもしれない。

20

木曜日。バイト終了前日は、何も混ざるもののない水色の空が広がる、きれいな晴れとなった。三時を過ぎた今でも、澄んだ日差しが地面まで届いている。最高の撮影日和《びより》だ。

写真はやっぱり外の光の下のほうが、きれいに撮れる。それに広い場所で自由に動いているほうが、生き生きした写真になる。どうせなら、一番鈴香らしい姿を撮って送りたかった。

俺が中学三年生のとき、駅伝大会に出ることになり、おふくろが買ったデジカメ。駅伝大会以来、写真を撮る機会なんて一度もやって来なかったから、引き出しにしまいこんだままだった。鈴香と出会わなかったら、二度と日の目を見なかったかもしれないそのデジカメをポケットに突っ込んで、公園に向かった。

何人か男の子が芝生の上でボール遊びをし、愛ちゃんと由奈ちゃんが砂場で何か作っている。いつもの光景。鈴香と一緒じゃなくなったら、この公園で過ごすこともないだろう。今まで気にかけたこともなかった公園の景色さえ、とてつもなく貴重に思える。

「おお、いるいる」

「さすがにこう暑いと、少し人も減ってきたね」

砂場に近づくと愛ちゃんのお母さんが汗を拭きながら言った。

「そうっすね」

すぐさま写真を撮りにかかりたいけれど、お母さんたちとの挨拶《あいさつ》代わりの会話にひとまず加わった。

「熱帯夜でなかなか眠れないでしょう。私たちの子どものころってもう少し涼しくなかった？」

由奈ちゃんのお母さんが顔をしかめながら言う。

「確かにそうよね。昔なんて三十度超えたら騒いでたけど、今じゃ体温と同じくらいまで気温上がったりするもんね」

愛ちゃんのお母さんは言ったけれど、俺の記憶では子どものころから、十分暑かった。でも、お母さんたちは、どう見ても年下の俺をいつだって同じ会話の中にすんなり連れ込んでしまう。それがどこかうれしくて、

「そうっすね。年々暑くなってますよね」

と俺も同意した。

「嫌になるわー。でもさ、子どもって暑さわからないのかな。あの鈍感さはうらやましいわ」

由奈ちゃんのお母さんが砂場のほうを見て笑った。

三人とも汗が噴き出しているのなんてお構いなしに、砂をザクザクいわせながら足踏みしている。鈴香は愛ちゃんや由奈ちゃんに合わせて、「いっち、にー、いっちにー」と元気に叫びながら足を動かしている。どうやらみんなで行進をしているようだ。

俺はそんな鈴香にそっと近づいてシャッターを切った。お姉ちゃんたちの仲間に入れてもらって、はりきっている顔はいじらしい。

「あ、撮ってー」

何枚か写していると、愛ちゃんと由奈ちゃんがピースをしながら寄ってきた。

「わかったわかった、みんなちゃんと撮ってやっから」

「やったね」

「愛も写ってる？」

「ああ、ちゃんとかわいく撮れてるぜ」

　愛ちゃんと由奈ちゃんはカメラの前で鈴香を真ん中に挟んで、肩を組んだり手を上げたりいろんなポーズをとった。鈴香は何かわからないまま同じような格好をしては、きゃっきゃと笑っている。

「突然、どうして写真？」

「いや、その、家片づけてたらデジカメ出てきたんで。たまには撮ってみようかと」

　愛ちゃんのお母さんに聞かれて、俺はなんだか言い訳がましくそう言った。

「子どもって撮りたくなるもんね。私も由奈が三歳くらいまではしょっちゅう撮影してたよ。ご飯食べてる姿とか、寝顔とか、歯を磨いてるだけの姿とか」

「わかる。ただの普通の日常でも撮るんだよね。成長を残そうってはりきっちゃって。うちなんか愛が生まれたときに一眼レフ買ったんだけどさ、結局重くて持ち歩かなくなって……。あれ？　あのカメラどこやったっけ」

　愛ちゃんのお母さんが肩をすくめて笑った。

「ははは。カメラとか買っても、使うのって最初だけになりがちっすよね」

　俺の家のデジカメがしまいこまれたままなのは、カメラが重いせいじゃなく、俺が写真に残すようなことなど何もしてないせいだけど。

「だんだん、子どもの成長が早すぎてシャッター切る暇ないって感じになっちゃうよねえ。スマホで撮ればいいし、こうしてそばで見てるんだから、まあいいかってことで」

由奈ちゃんのお母さんがそう言った。

明日で、俺は鈴香の成長を見られなくなる。これから鈴香が一つ一つできることを増やしていく姿を、少しずつ世界を広げていく様子を知ることができなくなる。こうやって愛ちゃんや由奈ちゃんのお母さんと話すこともなくなれば、ちびっ子たちを肩に乗せて走ることもなくなる。一つバイトが終わるだけなのに、それに付随していたいくつかのことも一緒に遠ざかってしまうのだ。

いや。俺は思い出を残すために撮ってるんじゃない。今の鈴香の姿を伝えれば、奥さんの親の心を動かせる気がしたからだ。鈴香のこれからが開くきっかけになったらいい。そう思って、デジカメを引っ張り出してきたんだ。

どんどん鈴香の姿を撮ろう。天真爛漫《らんまん》にはしゃいでいる鈴香。その顔を見れば、誰だって心が弾むはずだ。俺は動き回る鈴香を追いかけながら、いろんな角度から何度も何度もシャッターを切った。

「うわ、大田君じゃない」

夢中で写真を撮っていて気づかなかったのだろう。突然聞こえた、高くてふんわりした聞き覚えのある声に顔を上げると、上原が後ろに立っていた。まさかと目をやると、グラウンドのほうでは中学生八人ほどが軽く走っている。この間たまたまいただけかと思ったら、またこの公園に駅伝練習にやって来たようだ。

「卒業以来じゃない？　こんなとこで会うなんてね。あ、どうも、こんにちはー」

上原はお母さんたちにも軽く会釈《えしゃく》をした。

俺は喉《のど》が一気にからからになった。上原は駅伝を担当していたから、あのころの必死で走っていた俺を知っている。今の俺の姿をどう思うだろうか。いや、そんなことより子どもを連れて公園にいることに驚くはずだ。上原にあれこれ聞かれるのは困る。今更、みんなに鈴香の身内ではないと知られるのは気まずい。俺は落ち着かない中で、

「あ、ああ。駅伝練習かよ」と何とか口にした。

「そう駅伝。木曜日はこの公園を走ることが多いんだ。学校から坂を下って、緩い坂を上ってここへ出てくるでしょう？　ちょうどいい位置にあるし、ここのグラウンドも走りやすいし」

「へえ……。メンバー集まってんの？」

「なんとか。八名だけどね」

上原が目をやるのに合わせて俺もグラウンドのほうを見てみる。体形も走り方もバラバラな生徒がもくもくと流しをしている。

「今年はまじめそうなやつばっかだな」

「今は学校自体落ち着いてるしね。ヤンキーは足が速い子が多いから駅伝のときはいてもいいんだけど」

上原はそう笑った。

「ぶんぶー」

鈴香が、俺が話しているのに気づいて、何事かと近寄ってきた。俺のハーフパンツの裾《すそ》を引っ張りながら、仲間に入れろと主張している。

「うわあ。かわいいね。こんにちはー」

上原がそんな鈴香のほうに視線を落として微笑《ほほえ》むのに、かわいいと言われてご機嫌になったのか鈴香は泥団子を差し出した。

「あれ、くれるの？」

「どーじょ」

「うれしい。ありがと」

上原は鈴香の前にしゃがみ込んで、「おいしいね」と泥団子を食べるふりをした。

「いしー、ね」

鈴香がうれしそうに答えていると、

「お姉さん、おじさんの友達？」

と、愛ちゃんがやってきて、同じように泥団子を上原に渡した。

「ありがとう。みんな、和菓子屋さんみたいだね。って、大田君はおじさんなのに、私はお姉さんに見えるんだ。へへへ、やったね。でも、私は友達じゃなくて、このおじさんが中学校のときの部活の担当だったの。ほら、あっちで走ってるでしょう？あんなふうにこのおじさんも走ってたんだよ」

上原はそう説明した。

上原は頼りなくてどうしようもない教師だった。不良の俺が学校でガムを嚙んでいただけでやいやい言っていたかと思うと、授業を抜け出そうとするのを「追いかける体力ないから、自分で戻ってきてね」と平気で見送ったりするまぬけなやつだ。だけど、よけいなことにいちいち立ち入ってくるやつではなかった。俺が鈴香とどういう関係かということも、子どもたちと場違いな公園にいることも、なんとも思っていないようで、にこにこと泥団子をほおばるふりをしている。

「そんなの知ってるよねー」

「そう。おじさんすごく足速いんだよ。公園の中、ビューンって走るの」

愛ちゃんと由奈ちゃんが自慢げに言うのに、「やっぱりまだ走ってたんだね」と上原が言った。

「いや、別に走ってねえけど」

「あれ？ 陸上部入ったって聞いたよ」

「もうやめたよ。つうか、高校生活なんてまともに送ってねえし」

「そうなの？」

上原は俺の顔を見て、目を丸くした。

「いやいやいや。俺見てみろよ。耳に穴開いてっし、髪も金色だろう？」

「それって、TPOに合わせてるだけでしょう」

「なんだよTPOって」

「時と場所に合わせてるってこと。あんなヤンキーの吹き溜《だ》まりみたいな高校に行って、黒髪で制服着てたら逆に浮くもんね。二年生になったら後輩になめられるわけにもいかないだろうし。大田君、案外空気読むから」

相変わらずだな。さらりと失礼なことを言ってのけるこの無神経さ。

「まともなやつもいっぱいいる」

俺は和音のことを思い出して、一応反論しておいた。

「そりゃそうだろうけど。だけど、大田君、タバコもやめたままみたいだし、体も顔も健やかそのものじゃない」

「それはそうだけど」

匂《にお》いや顔色でわかるのだろうか。確かにタバコも不健康なこともやってはいない。

「先生ー」

生徒たちが呼ぶ声が聞こえ、上原は軽く手を上げてグラウンドのほうに応《こた》えると、

「そうだ。ね、走らない？」

と俺に向かって言った。

「は？」

「久々に走ろうよ。ね」

「わー！　おじさんまた走るの？」

「すごい！　また乗っけてくれんの？」

俺が答える前に、由奈ちゃんと愛ちゃんが歓声を上げた。

「いや、走んねえし。ってか、肩車しねえから」

「えー。つまんない」

二人が口をとがらせるのに、鈴香も真似《まね》して横で「あーあー」とため息をついて見せる。

「そう、つまんないよね。このおじさんとあの中学生たちで競走しようと思うんだけど、楽しそうでしょう?」

「うん見たい!」

由奈ちゃんと愛ちゃんが「見たい! 見たい!」と手を叩き、鈴香も横で「たい! たい!」と叫びはじめた。まったくガキはなんでもすぐに盛り上がるから困る。

「なんか知らないけど、おもしろそうじゃない。走っておいでよ。鈴香ちゃん見とくからさ」

「そうだよ。みんなで応援するしね」

由奈ちゃんと愛ちゃんのお母さんも、ベンチから言った。

「本当ですか? すみません、助かります。じゃあ、メニューは」

「いやいやいや、勝手に進めんなって」

俺が突っ込むのなんて気にもせず、上原は、

「タイムトライアル3000、いや突然3キロはきついか。大田君、走ってるって言っても、3キロはないよね。1キロのタイムトライアル。それでいいよね？」

と勝手に提案した。

「いや、だからさ」

「あれ？　無理だった？　1キロくらいならなんとか走れると思ったんだけど」

「あんだよ。3キロ普通に走れっから」

そう言ってから、まんまと上原の口車に乗せられている自分に気づいた。

中学三年生のときも同じだった。駅伝練習に参加した初日、「最初からついていけないだろうから、大田君だけ別メニューね」と言った上原に反発して、俺はふらふらになりながら陸上部のやつらと同じメニューをこなしたんだった。

「じゃあ、3キロで。二十分くらいで終わりますけど、いいですか？」

上原が聞くと、お母さんたちは「任せて」とうなずいた。

いつのまにか自分のペースに巻き込みやがって。突然中学生たちと3キロ走るって何なんだよ。かろうじてスニーカーは履いてるけど、ランニング用でもねえし、ただ公園に遊びに来ただけなのに、どうしてこうなるんだ。俺は大きなため息をついた。

でも、やってみたかった。ちゃんと走ることに向き合ってるやつらに、まっとうな毎日を送ってるやつらに、どれくらい並べるのか。試してみたかった。

「決まりってことで。さ、大田君、行こう」

「あ、ああ」

無理やり参加させられた中学生の駅伝練習のときのように、俺は渋い顔を作ろうとしたけれど、お母さんや由奈ちゃんたちに「がんばってね」「鈴香ちゃんと応援してるよ」と言われて、素直に「はい」と答えるしかなかった。

「集まってー」

上原が声をかけると、生徒たちがバラバラと寄ってきた。

「今からタイムトライアルするんだけど、大田君にも参加してもらおうと思って」

上原が横にいる俺を手で示した。

八人の生徒は、俺を一瞥《いちべつ》しただけで、誰もうれしそうな顔はしなかった。そりゃそうだ。こいつらが一年生のときに俺は三年生だ。直接知らなくても、俺の悪い評判は聞いてるだろうし、こんなふざけた格好のやつと走りたいわけがない。

「大田君だよ。知らないの？ 部長は知ってるでしょう」

無反応のみんなを見渡して上原が言った。

「知ってますけど。僕が一年のときに駅伝に来ていたから」

崎山だ。俺が駅伝練習に参加してたときは、まだ一年生で補欠だった。こいつが部長になったのか。あのときは小さかったのに、今は俺より背が高く、すらりとした足にきれいな筋肉がついている。

「あ、なんか聞いたことがある。坊主《ぼうず》にして走った人ですよね」

崎山の横で、落ち着きなくきょろきょろしていたやつが言った。こいつはまだ二年生だろう。ほんのわずかだけど、みんなより顔つきが幼い。

「そういえば本番は坊主だったかな。こないだみんなで試走に行ったでしょう？ あの上りの多い2区のコースを、大田君は最初の試走、10分ジャストで走ったんだよ。しかも、まだあんまり体動かしてなかったときに」

上原が言うのに、「うわ、すげえ」という声が漏れた。

「そう。すごいの。で、ブロック大会では9分48秒で区間二位。県大会では篠山《ささやま》のコースを9分46秒で走ったんだ」

上原が掲げるタイムに、みんなの目の色が変わった。数字って説得力があるんだな。さっきまで軽く見られていたのに、一目置かれている。昔残した記録が、俺を救ってくれてるようだった。

「そんな人と走れるなんて光栄でしょう。めったにない機会だよ。十分後スタートするから、それぞれアップしてね」

上原がそう告げると、みんなは俺に負けられないとでも思ったのか、すぐさま体を動かしにかかった。

「おい。お前、どうして、記録覚えてんだ?」

「記録?」

みんなが散らばった後、声をかけると、上原が首をかしげた。

「試走とかの俺のタイムだよ」

「覚えてるって、最初の試走と本番だけだよ」

上原はあたりまえだという顔をした。

「へえ……」

こいつにもすごいとこがあるんだな。俺みたいなやつの記録まで覚えてるなんて。

「大田君もアップしとかないと、あとで体に来るよ」

上原はそう言うと、トラックの中の小石をのけ始めた。

「ああ、わかってる」

グラウンドの隅のほうに目をやると、砂場から移動してきた鈴香たちが陰に置かれたベンチに座ってこっちに手を振っている。母校の練習に参加するだけなのに、何かの大会のようだ。俺は手を上げて応えると、屈伸をして、軽いジョグを始めた。

今日走るのも駅伝と同じ距離の3キロ。昔の記録とあまりにもかけ離れた走りはしたくない。「久しぶりだからだ」なんて言い訳をしないといけないような結果は残したくない。400メートルトラックを確かめるようにジョグをしている間に、体が目覚めてきた。最後に流しを入れると、手足の先までが高揚しているのがわかる。誰かとグラウンドを走る。俺の体はそのことにすっかり興奮していた。

「一分前だよー」

上原の声に、スタート地点にみんなが集まってきた。中学生たちはいつもの練習の一環だから平然としているけど、俺の心臓は高鳴っていた。3000のタイムトライアル。こいつらとのレースが始まるのだ。

「よーい、スタート」

上原の合図に合わせて、一斉にスタートを切る。俺の体もぐんと前に飛び出る。このトラックを七周半。以前の俺なら9分台で走れただろう。あれから二年。無駄に過ごした時間は、俺をどれくらいなまらせてしまっているのだろうか。俺は自分の体を確かめながら、足を進めた。

連なって走っていたのは２００メートルほどで、一周を過ぎるとだいぶ差がついてきた。駅伝練習がスタートして、一ヶ月は経《た》っているのだろうか。中学生たちの走りもそれなりに様にはなっている。それでも、まだ夏休みの時点では長距離を走り慣れてないやつが多いようで、俺より前を走るのは二人だけだ。

一番前を走るのは崎山。一定のリズムを刻みながら進んでいる。完全に走り慣れているし、体に負担がかからないような穏やかな走りだ。もう一人は真っ黒に日に焼けたがっちりしたやつ。駅伝のために集められたのだろう、長距離がなじんでないから体が無駄にはねているけど、スピードがある。体にペースが染《し》みついていけば、力が付きそうだ。

「二周目終了、この周78、79、」

スタート地点を通過すると、ラップタイムを読み上げる上原の声が聞こえた。最初の周とほぼ同じタイムだ。このペースで行けば、３０００メートル10分を切れる。なかなかいい速度だ。それに、俺の体はまだどこも疲れてはいない。毎日鈴香の家まで走っているし、ショッピングモールや駅に行くときも走ることが多い。いつもジョグ程度の速さだけれど、心肺は鍛えられているようで、まだ息も上がっちゃいない。それどころか、ここにきて足や腕にエンジンがかかり、勢いを増している。いいぞ。俺は自分の体に手ごたえを感じた。

「三周通過、この周、76、77、78……」

1200メートルを過ぎても、まだ速度は落ちていなかった。練習を積んだ中学生と対等に走れるなんて思った以上だ。崎山が3メートルほど前を走り、俺の真ん前に色黒のやつが足音を響かせながら走っている。パワフルな走りに、最後まで持つのだろうか、とこっちが心配になってしまう。ほかの六人はだんだん後れを取り始め、半周近くの差が開いているやつもでてきた。

「四周終了、この周77、78」

1600メートルを通過し、俺は上原の読み上げるタイムに、驚いた。一番前を行くすらりとした背中。崎山のペースは一切乱れていない。なんという正確な走りだろう。その一方で、俺はだんだん息が上がってきた。前を行く色黒のやつも俺と同じように息が乱れている。さすがにこの速度で3キロを走るのはきつい。だけど、9分台で走るには、崎山から離れてはだめだ。俺は腕を軽く振って息を整えると、もう一度足に力を込めた。ここで少し勢いをつけよう。パワーのあるうちに詰めておかなくては。わりいな。俺は心の中でつぶやきながら、すぐ前を走る背中を追い抜いた。

「五周目、76、77、78……、残り二周半」

２０００メートル経過。それでも崎山は速くなることも遅くなることもせず、同じ間隔で足を運んでいる。一年生で駅伝練習に参加していたときは、か弱くすぐにバテていたというのに。こいつはこの二年、どれだけ練習を積んできたのだろう。俺とは全然違う毎日を重ねてきたはずだ。うっかり気を抜いたら一気に離されてしまう。俺はしっかりと背中を見つめ、前へ前へ足を運んだ。

「六周経過、この周79、80……。残り一周半」

上原の声が響く。あと６００メートルだ。七周目に入って、俺は周回遅れのやつを二人抜いた。そのたびに少しペースが崩れ、息が上がる。先を行く崎山は誰かを抜かしてもペースに変動がない。相変わらずリズムを刻むように走っていく。細いけれど、体幹が鍛えられているのだろう。体はまったくぶれがない。すげえペースメーカーだ。このまま、崎山についていけさえすれば、俺も9分台で3キロを走りきれるだろう。いや、それじゃだめだ。これではおもしろくない。この走りは俺の走りとは違う。体が空っぽになっていくあの快感はまだやってきていない。ここでスパートをかけるのは早すぎるし、もう体も疲れかけている。でも、このペースから外れたいと、跳び出したいと体は言っている。あとのことはどうだっていい。体中弾ませて、無鉄砲でも前に向かっていく走り。それが俺の走りだ。それをしなくちゃ走る意味はない。大きく腕を振ると、俺は体ごと前に送り出した。その勢いにちゃんと足も付いてくる。よし、いける。俺は大きく息を吐くと、そのまま崎山を抜き去った。

「あと、一周400メートル」

上原の声が聞こえ、崎山もペースを上げ俺につけてきた。さすが部長だ。まだ余力を残していたんだな。悪いけど、負けてはいられない。体があの夏を思い出して、何度も何度もスパートをかけている。あのころの俺はいつも弾丸のように走っていた。レース展開なんて考えず、ただゴールに向かうことに、ただタスキを渡すことに、必死だった。

「ラスト200、がんばって」

ここからはもう短距離だ。このままゴールまで一息に行こう。だけど、さすがに俺の体は重くなって足の回転が遅くなり出した。むやみにかけたスパートのせいで、息も完全に乱れている。そんな俺に反して、崎山は自分のペースを取り戻し、真後ろにぴたりとついている。そして、「やっぱり正しい走りが一番なんだな」そう思った瞬間に、するりと抜かされてしまった。

当然だ。たまたま調子よく走れていただけで、まじめにやってるやつにかなうわけがない。高校の陸上部もいつのまにかやめて、何ひとつやりきっていない俺が勝てるほどレースは甘くないのだ。どんどん崎山の背中は遠のいていく。こうなったら、二位だけは保たないとな。せめて9分台で走りきろう。そう呼吸を整えて、腕を軽く揺すったところに、声が飛んできた。

「おじさん、ファイト！」

愛ちゃんと由奈ちゃんの声だ。

「ほら、しっかりー！　前離れてるよ！」

お母さんたちも大きな声で応援してくれている。

そして、一番よく聞こえるのは、みんなのまねをして叫ぶつたない鈴香の言葉だ。

「ばんばってー」

中学校駅伝のブロック大会。駅伝は6区間もあるから、わざわざ俺が走る2区を応援しにくるやつなど誰もいなかった。他校の選手への声援が飛ぶ中、俺は孤独にそれでもがむしゃらに走っていた。そんな最後の上り坂。声援を浴びた他の選手が加速し、俺を引き離したときだ。担任の小野田《おのだ》の声が聞こえた。「走れ！　お前ならやれる」って。その声で俺の体は、勢いがついたんだっけ。

「前抜けるよ！」

「あと少しファイト！」

お母さんたちの声援の合間に、愛ちゃんたちがきゃあきゃあ叫び、そのそばで、鈴香は「ぶんぶー」と「ばんばってー」を繰り返している。

ただのタイムトライアル。それなのに、声をかけられると、残された力が沸き立ってくる。まだ余力があったのかと自分で驚くくらい、手にも足にも力が満ちていく。

崎山の背中は手を伸ばせば届くところに近づいた。残りは50メートル。ここですべてを出し切ってやる。毎日走ってるやつらには悪いけど、俺はやれるんだ。俺は走りたかったんだ。お前ら以上に、ずっとこんなふうに走りたかったんだ。

「ラストー、ファイト。ここまで」

ゴール地点に、俺は倒れこむように突入した。なりふりかまわずただ前に突っ込んだ。そして、倒れこんだ分だけ、崎山よりわずかに先に走りぬいた。

ゴールした俺はそのまま動けずべたりと座り込んでしまったけれど、崎山は涼しい顔で汗をぬぐっただけだった。

「お前、すごいじゃん」

俺は思わず崎山を見上げて言った。

「負けるわけないって思ってたんですけど……。さすがっすね」

崎山はそんな俺に静かに微笑んだ。

「いや、完全にレースはお前の勝ちだわ。あと10メートルでもあったら完敗だ」

俺は正直に言った。最後の最後、ただ声援に乗せられて体が進んだだけだ。

「駅伝では、僕も倒れるまで走ります」

「そんなことしたら、お前ダントツ一位だな」

「ありがとうございます」

崎山は軽く頭を下げると、ほかのやつらに「腕を振れよ」「あと200」などと声をかけ始めた。

すごいよな。中学生って。走りきって疲れた後に、俺に負けて悔しい気持ちのままで、誰かに声を送れるなんて。

俺はその様子を見ながら上原にもらったアクエリアスを飲みほした。もう高校生になってしまった俺は、たかだか3000メートル走っただけで、完全に体は空っぽで、立ち上がることも声を出すこともできないくらいへばっていた。

「まだまだ走れるんだね」

ようやく立ち上がった俺に、上原が言った。

「そうみたいだな」

俺はトラックを眺めながら答えた。駅伝チームのやつらはタイムトライアルを終え、ジョグを始めている。走り終えたみんなは、穏やかですっきりしたいい顔をしている。

「大田君もダウンしといたほうがいいんじゃない？」

「いや、いいわ」

「そう？　勢いよく走ってたから、明日体にきそうだけど」

明日まで待たなくても、すでに太ももやふくらはぎは張っている。だけど、さすがに中学生たちと並んでジョグするのは照れる。

「俺、走りたかったんだな……」

俺は一つになって走る八人の背中を見ながら言った。あの中に入りたいわけではない。でも、あんなふうに走れたらいいだろうなとは思う。

「また、走ればいいじゃない」

上原が何でもないことのように言った。

「そんなうまくいくかよ。俺の高校の陸上部なんて活動してないのも同然だから。ま、あの高校に入った時点で終わったって感じだけどな」

「大田君、トラック専門に変更したの？」

上原が首をかしげた。

「何も専門でやってねえけど」

「じゃあ、グラウンド以外も走ればいいじゃん。高校の陸上部って、学校のグラウンドしか走っちゃいけないわけじゃないんでしょう。駅伝のときは、校外も走ってたじゃない。あぜ道も山道もアスファルトも」

上原の言うとおりだ。だけど、そうじゃない。俺はただ走りたいんじゃない。どこでも走ればいいってわけではない。それでいいなら、俺は毎日走ってる。そうじゃないんだ。さっきの3000メートルみたいに、仲間じゃなくたっていい、友達じゃなくたっていい。誰だっていいから、誰かと同じ場所へ向かって、体を、気持ちを動かしていたい。苦しくて辛《つら》くたってかまわない。じっとしてはいられない、体が自然に動くあの衝動。それに従ってみたいんだ。

「まあ、そうなんだけどさ」

どう言っていいかわからず、あいまいに答えると、上原は、

「レースはどこでだって行われてるよ」

と言った。

「そっか？」

「そうだよ。いつだって、どこだって、だいたい誰かが走ってる。それに、大田君を駆り立てるものだって、そこら中に転がってる」

上原ははっきりと言った。

そうだとして、その場所をどうやって探せばいいのだろう。どうすればそこへたどり着けるのだろう。もう中学生じゃないんだ。義務教育を卒業した俺を、わざわざ引っ張ってくれるやつはいない。この手を自分で伸ばして、この足で向かわなくてはいけない。それはとても難しい。

「もうガキじゃねえんだから、誰かが手を差し伸べて引っ張ってくれるの待ってたら、だめなんだよな……」

俺がつぶやくのに、上原が、

「そんなこともないんじゃない？　あそこで、大田君に必死で手を伸ばしてる子がいるけど」

と笑った。

「あ、ああ。鈴香だ」

ベンチのほうに顔を向けると、鈴香は「ぶんぶー」と言いながら俺のほうへ手を伸ばしている。練習の邪魔にならないようにと、お母さんたちに押さえられながら、手を振っている。あの小さな手は、くたくたになるまで、俺を走らせてくれる。どうやら、今は鈴香のもとへ行くことがやるべきことのようだ。

「俺、そろそろ行くわ。あ、そうだ。二学期になったら、たまに駅伝練習見に行ってやろうか」

俺の申し出に、すぐさま「やめてよ」と上原は首を振った。俺が中学生のときにも、たまに卒業生が来ていたし、駅伝チームにとってもいい刺激になりそうなのに。首をかしげる俺に、

「大田君の走る場所は中学校にはないよ」

と上原が言った。

「あんだよ、それ」

「大田君が走るのは、今まで通ってきた場所じゃなくて、これから先にあるってこと。まだ十六歳なんだもん。わざわざ振り返らなくたって、たくさんのフィールドが大田君を待ってるよ」

「そう、なのかな」

なんとなく教師らしい発言に、俺が素直にうなずくと、

「本当は大田君が来たら、みんなびびって練習にならないしね。それに、金髪で中学校入られたら、教頭先生に文句言われそうだし」

と上原は肩をすくめた。

「ったく、失礼なやつだな」

「ごめんね。教頭先生に怒られるの面倒だから」

上原はへへと笑った。こいつと話していると、本当に気が抜ける。

「ま、ほかの場所探すわ。今年も県大会出てくれよな」

俺がそう言うと、

「うん。わかった。大田君もがんばって」

と上原は軽く手を振った。

がんばってか。すでに努力している相手に失礼な言葉だとか、プレッシャーを与える言葉だとか、小難しいことを言うやつもいる。

でも、シンプルでいい言葉だ。「がんばって」そう言葉をかけてくれる人間がいるだけで、自分も捨てたものじゃないと思える。

「ぶんぶー、ばんばってー」

「もう終わったよ」

愛ちゃんたちに笑われながら、覚えたての言葉を使うのがうれしいのだろう。鈴香は何度も俺にそう叫んでいる。

よし。アクエリアスを飲んで体も回復したし、最終目的地までダッシュするか。俺は残っている力すべてを使って、最大限の声援を送ってくれた鈴香たちのもとへ向かった。

21

八月七日、金曜日。七時を回っている空からは、何にも遮られていない太陽の光が差し込んでいる。まだ真新しい日差し。夏でも午前中の太陽は気持ちがいい。

天気予報は外れだ。昨日の夜のニュースでは、明日は一日天気が崩れると言っていたし、星の少ない夜空を見上げながら俺も雨だと予測していた。小学校も中学校も卒業式は大雨だった。駅伝の県大会は小雨ですんだけど、何かが終わる日は、雨の確率が高い。今日だって、きっと雨が降るのだと思っていた。

それなのに、すっきりと迷いもない晴れ。これだけ科学が進んでいるのに、翌日の天気すら当てられないのだ。たかだか十六年分の俺の経験から、想定できるものなどない。明日や未来は、まるで読めない。俺が子ども相手に走り回ることになるなんて、誰が想像できただろう。最後の日に胸を痛めることになるなんて、どうして思い浮かべることができただろう。

晴れでも雨でも、今日がやって来たのだ。ぐだぐだ言ってはいられない。そろそろ用意すっかと体を起こそうとして、思い出した。昨日走ったんだった。足が張っているし、腰が重い。普段から走りはしているけど、一人で走るのとは全然勝手がちがう。必死でがむしゃらに一切手を抜かず走ったのは何年ぶりだろう。翌日に持ち越すほどの疲れは、久しぶりだ。

「明日、奥さん退院なんだね」

リビングに行くと、おふくろがそう言った。

「ああ、そうだな」

「よかったわね。無事に退院できて」

「ああ」

「ってことは、今日でバイト終わりなんだっけ？」

「まあな」

俺はグラスに牛乳を注いで席に着いた。最終日だからか、テーブルにはおふくろが作ってくれたサンドイッチが並んでいるけれど、食欲はわいてこなかった。

「ほぼ一ヶ月かー。長いようで短かったね」

「そうだな」

泣き叫んでばかりの鈴香に途方に暮れていたのが、ついこの間のように思える。鈴香が俺に近づいてきたのに、二人のリズムもできてきたのに、もう一緒に過ごすことはない。時間はどうしていつも公平に正しく過ぎるのだろう。あと少し鈴香とやりたいことがある。もう少し鈴香のことを見ていたい。そう思ったって、猶予《ゆうよ》はなく時計は針を進めていく。

「まさか二年も三年も面倒見るつもりなんかないでしょう」

「そりゃそうだ」

俺はごくりと牛乳を飲んだ。

「だったら、そんなしけた顔してないで。鈴香ちゃんによろしくね」

おふくろは玄関に向かいながらそう言った。

いつもは走る鈴香の家までの道を今日は歩いた。ゆっくり進んだところで、時間が待ってくれるわけでもない。俺がどんなふうにしていたって、ときは進んでいく。それでも、急ぎたくはなかった。

面倒なバイトが終わるだけだ。明日から遅くまで寝ていられる。そんな言葉を浮かべたって、俺の頭を素通りするだけだ。鈴香のもとへ行って、鈴香と遊んでご飯を食べる。公園で走り回って、お母さんたちと話し、夕暮れの街を鈴香と歌いながら帰る。その生活が今の俺のすべてだ。

ぶんぶーと喜ぶ鈴香の顔。一つ一つ増えていく言葉。ぎゅっと俺の指を握る小さな手。あやふやなくせに自信満々に歌う歌。おいでと腕を広げれば、まっすぐに走ってくる姿。夏はまだ残っているというのに、それらをすべて手放さないといけないのだ。寂しい、悲しい。そういう言葉はピンとこないけど、体の、生活の、心の、ど真ん中にあったものを、するっと持っていかれるような心地。

今の日々に代わるものがあるのだろうか。俺はそれを見つけられるのだろうか。

「やっと最終日だな！　今までマジありがとう。今日は早く帰ってくるな。バイト代はずむから楽しみに待ってろよ」

先輩はそう言って意気揚々と出かけていった。

バイト代なんてはずんでくれなくていいから、ゆっくり帰って来てくれればいい。

だけど、先輩だって、今日の日を迎えてほっとしているのだろう。明日には奥さんが帰って来るのだ。かわいい赤ちゃんと共に。うかれずにいられるわけがない。

「つーき」

先輩が出て行くと、鈴香がすぐに積み木の箱を持ってきた。

「おお、積み木か。鈴香、上手になったもんな。でも、その前にこれ見てみろよ」

俺は箱を開けてやる代わりに、昨日撮った写真を食卓の上に広げた。公園の帰りにプリントに出して、夜にカメラ屋までとりに行ったのだ。一人だけ先に見るのは悪い気がして俺もまだ見ていない。

「写真だぜ。ほら、鈴香がいるだろう」

「ちゃちん」

「そう。しゃしんな。おお、鈴香かわいいじゃん」

我ながらうまく撮れている。砂場で無心に泥団子を作る鈴香。愛ちゃん由奈ちゃんに囲まれて背伸びする鈴香。どれもいい顔をしている。

「おーえん」

「そう公園」

「おちゅな」

「そうお砂。愛ちゃんと由奈ちゃんもいるだろう」

鈴香は写真が珍しいようで、写っているものの名前を言っては一枚ずつしげしげと眺めた。

「おい、鈴香。これ見てみろよ。鈴香の顔、鼻の下の泥が髭《ひげ》みたいだぜ」

泥のついた手で顔をこすったのだろう。俺は写真の中の鈴香を見て笑った。

「これじゃ小さいおっさんだな」

「おーっさん」

「そう。鈴香おっさん」

鈴香は意味がわかっているのか、写真を見てはきゃっきゃ笑っている。

「そんなに撮ったつもりないのに、四十七枚もあるんだよな。突然こんなに送ったら、びびらせちまうな。せいぜい三枚くらいだよな。よし、鈴香、どれがいい？」

「おーっさん」

俺は写真を一枚ずつ並べてみた。

「いやいやいや。それはないな。もっとかわいいのいっぱいあんだろ」

「おちゅな」

「そうだな。砂遊びの……うーん、これはまぶしくて目を細めてるからいまいちだな。

鈴香の可愛《かわい》さ生かされてねえな」

「おちゅな、どーじょ」

「どーぞしてくれんだな。ありがとう」

「おうえん、どーじょ」

鈴香は写真を手にとっては俺に渡して、ありがとうと言わせて喜んでいる。

「だーご、どーじょ」

「あんがと。あ、この写真いいじゃん。鈴香にこにこしてる」

「にーこにーこ？」

「そう。かわいい」

「かーいーね」

「そう。鈴香、かわいいぜ」

俺は泥団子を持ってにっこりしている写真を手にした。これなら鈴香の顔がよくわかる。

「あと、そうだな。鈴香、これはどうだ？」

愛ちゃんと由奈ちゃんにはさまれて、同じように手を伸ばしている写真を見せると、鈴香は「いっちょー。ね」と手を叩《たた》いた。

「そう。愛ちゃんと由奈ちゃんと一緒。この写真を見れば鈴香が明るくて楽しいやつだってわかるだろう」

誰かと一緒にいる姿は、見る人を安心させる。俺は駅伝に参加していると知ったときのおふくろのほっとしたような顔を思い出した。

「もう一枚は、やっぱ、全身が写っているのがいいよな。うーん、これは逆光で顔が暗いな……。この写真はなんか短足に見えちまうな。いや、そもそも鈴香の足が短けえのか」

どうせなら最高の三枚をと思うから難しい。俺が写真を吟味している横で、もう飽きてきた鈴香は、「ちゃちん、ちゃちん」と食卓の周りを一人で行進している。

「本当、鈴香はじっとしてねえな。そうだ、これどうだ？」

公園の帰り道。鈴香が電柱の横で万歳している写真を俺は手に取った。さんざん遊んだあとなのに、まだはしゃいでいる鈴香。この元気さは子どもならではだ。

「だんだーい」

鈴香は写真の自分をまねして歩きながら手を広げた。

「こうやってみると、鈴香、最初に会ったときより背伸びたな」

「だんだーい」

「ばんざーいな。よし、これでばっちりだ」

三枚の写真を並べて見る。どれも、今の鈴香をうまく伝えている。音信不通になっていたって、この写真を見て無反応ではいられないはずだ。

「さてと。次は手紙を書かなきゃだな」

「かきかきー？」

「そ。お前のじいちゃんとばあちゃんに写真と一緒に送るの」

「じーちゃ？」

「じいちゃんにばあちゃん。お前のママのパパとママってこと」

「ママ、パパママパママパパ？」

鈴香は言葉をこんがらかして、一人で笑っている。

「ややこしいよな、お前の身内。身内ってわかんねえか。なんつうか、そうだ、鈴香を大事にしてくれる人」

「だーじ」

「そう。大事。うん、きっと大事に思ってくれんだろう。だから、お前はそうだな、字は無理だから、そうだ、絵。絵を描いてくれよな」

「かきかきー！」

俺が画用紙を広げクレヨンを渡すや否《いな》や、鈴香はぐちゃぐちゃの円を描きはじめた。何かさっぱりわからない絵だけれど、ご機嫌に描いている。

「おお、鈴香上手だな」

「じょーじゅー、かきかきー」

「ダイナミックでいい絵だ。さてと……」

鈴香の横で、俺は便箋《びんせん》に向かった。

なんて書こうか。唐突な手紙だ。驚かせずに、こちらの情報を伝えるにはどうすればいいだろう。不信感や不快感を与えず鈴香の写真を受け取ってもらうにはどう書けばいいのだろう。


初めまして。僕は娘さんの旦那《だんな》さんの後輩で、現在娘さんの子どもである鈴香ちゃんの面倒を見ているものです。


最初の一文を書きだして、俺は頭を抱えた。

何のことかわかりにくいうえに、これじゃ、先輩や奥さんが大事な子どもを他人に預けて無責任だと思われかねない。俺は便箋を一枚ごみ箱に捨てると、再度ペンを握った。

　初めまして。突然の手紙をすみません。なぜ僕が手紙を書いたかと言うと、娘さんのご結婚に反対されていると聞き、それはよくないと思ったからです。

いや、これでは差し出がましすぎる。よけいなお世話だと怒られそうだ。手紙ってどう書けばいいんだっけ。せめて国語の授業くらいはまじめに受けておけばよかった。

「かきーかきー。じょーじゅ！」

そんな俺のとなりで、鈴香は紙いっぱいにわけのわからないぐちゃぐちゃの丸を、いろんな色で描いている。迷いのないその姿はうらやましい。

「鈴香、何描いてんの？」

「ぶんぶー」

「ぶんぶー。って、これなんだ？」

大きく塗りつぶされた黄色い塊を俺が指すと、鈴香は、

「びゅーんびゅーん」

と答えた。

「びゅーんびゅーんって、なんだ？」

「びゅんびゅん、ばんばってー」

鈴香はそう言いながら足をバタバタさせている。どうやら走っているということを示しているようだ。

「まさかこれ、俺？」

「ぶんぶー！」

鈴香は手を叩いた。黄色いぐちゃぐちゃの大きな丸。何の形にも見えないそれは、走っている俺らしい。

「はーい、はーいね」

「ああ、速い速いだな」

「はーい、じょーじゅ、ね」

「速い上手か。ま、俺走ることだけは得意だからな」

昨日の夜、カメラ屋を出て大通りを走っていると、仲代に声をかけられた。

「大田、ジョギングかよ。まさかな」

ホーンを鳴らして俺を呼び止めた仲代は、バイクに跨《またが》ったままでそう言った。

「いや、まあ」

「そうだ、乗ってかねえ？　今から連れたちとつるむからさ。清水や山根もいるし、朝まで盛り上がるぜ。大田も来いよ」

仲代はさも愉快なことが始まるという顔で言った。

朝まで起きていたところで、疲れてバイトに差し障《さわ》るということはないだろう。でも、酒やタバコを回して、ろくでもない話で盛り上がって、誰かにけんかを吹っ掛けに行く。まるで楽しくない集まりなのは、想像できた。

「ちと、急いでるんだわ」

「ああ、そうなんだ。だったら、乗せてやるわ。後ろ」

仲代はそう言って、バイクを示した。

「いや、いいわ」

「なんだ、遠慮すんなよ」

「遠慮じゃねえけど、俺の足のほうが速《はえ》えしさ」

俺がそう言うと、仲代は冗談だと思ったのだろう。ゲラゲラと笑った。

冗談じゃないんだけどな。俺は「またな」と仲代に手を振ると、足に勢いをつけた。

仲代は集まりで俺が走っていたことを話して、みんなで笑うだろう。だけど、バイクに乗ろうとは思わなかった。俺の足は、改造バイクより目的地に速く正確に連れて行ってくれるのだから。

「はーい、すげー」

「サンキュー。鈴香にほめられるといい気分だわ。じゃあ、これは？」

俺は横に描かれた青で濃く塗られた丸を指して聞いてみた。

「おあな」

「これはお花なんだ。俺と同じ大きさってどれだけ巨大な花なんだ。どうがんばったって、ただの落書きにしか見えねえけど、ちゃんと何かを描いてるつもりなんだな」

「ぶんぶー」

鈴香はご機嫌で黄色い塊をさらに塗り始めた。

「……でも、ちょっと待てよ。見ず知らずの俺が走ってる絵を送られても、じいちゃんら困るだろうな。鈴香、わりい。もう一枚、描いて」

「もういっまい？」

「そう。また、新しいのかきかきしてな」

「ぶんぶー」

俺が新しい画用紙を前に置くと、鈴香はまたクレヨンをしっかりと握ってなにやら描きはじめた。

「頼むな。よし、で、手紙は……」

俺も再びペンをとった。さて、どう書こうか。そもそも、何を書けばいいのだろう。伝えたいことってなんだったっけ。俺は便箋を前に首をかしげた。

結婚を認めてほしい。いや、そうじゃない。先輩夫婦はいい夫婦だ。そんなことはどうでもいい。娘さんにはこんな可愛い子どもがいる。それを知ってほしいだけだ。鈴香の存在を教えたいだけ。それなら、頭をひねったところでつたない文しか書けない俺の手紙など必要がないだろう。主役は鈴香だ。公園と同じ。俺が自己紹介する必要はない。鈴香の写真と鈴香が描いた絵、それがあれば十分だ。

突然のお便り失礼します。娘さんは結婚されて子どもも生まれました。子どもは鈴香と言います。一歳十一ヶ月となり、一番かわいい時期です。鈴香の写真と鈴香が描いた絵を送ります。

「よし。上出来だ」

たったそれだけを書くのに、できるだけ漢字を使って丁寧に書いたから、ずいぶん時間がかかってしまった。

「鈴香も新しい絵、できたか？」

「でったー」

「おぉ、これなんだ？」

俺は、赤で描かれた縦長の塊を指した。

「ぶんぶー」

「ぶんぶー？」

「よいちょ、びゅんびゅん」

鈴香はまた足をバタバタさせた。

「つうか、またこれ俺？」

「でったー」

鈴香は手をパチパチ叩いている。

「まったく俺ばっか描くなよな。じいちゃんたちいったい誰だってなるだろう。……って、まあ、何の絵かわかんねえからいいのか」

一枚目の黄色い丸と二枚目の赤い縦長の塊はどこも似ていない。それなのに両方俺なのだ。鈴香の言葉とジェスチャーがなければ、この絵が何なのか、当てられる人はいないだろう。

「元気な絵だって思ってもらえたらそんでいいもんな。よし二枚とも送っとこう」

俺が封筒に手紙や絵や写真を入れている横で、鈴香は「かきかきー」と言いながらまた新しい紙に俺らしい塊を描いている。

「ひゅーひゅー」

「ああ、上手だな」

「びゅんびゅん」

鈴香は絵が動き出すとでも思っているのか、自分で描いた絵に向かって何度も声をかけだした。

「鈴香、それ、絵だからいくら呼んでも走ったりはしねえぜ」

「びゅんびゅーん」

「だから、それ、いつまでたってもじっとしたまんまなんだ」

「びゅんびゅん！」

「しゃあねえな。また、今度走ってやっから」

俺はそう言ってから、今度はもうないことに気づいた。いや、湿っぽいことを考えたって、何も変わらない。手紙にてこずったせいで、もう十一時前だ。

「そうだ、鈴香、今日は一緒に昼ご飯作ろうぜ」

俺はそう言って、立ち上がった。


最後のご飯。何を作ろうかと昨日の夜から考えた。鈴香の好きなものは冷凍保存にしてあるから、俺が来なくなったってしばらくは食べられる。体にいいもの。見た目に豪華なもの。おいしいもの。いろいろ考えてみたけれど、最後の日に、料理に時間を費やすのももったいない。簡単にできて、でも、誰かと食べると楽しくなるもの。

俺は鈴香と台所へ行くと、朝着いてすぐに準備しておいた炊飯器を開けた。いつも冷凍ご飯を解凍しているけど今日はご飯が主役だから、炊《た》いておいたのだ。炊き立てのご飯は、どことなく鈴香のにおいと似ている。しゃもじでかき混ぜると、ふわっとした甘いかおりが広がる。

「よし、鈴香たくさんおにぎり作ろうぜ」

椅子《いす》に乗せて調理台に届くようにしてやると、鈴香はわくわくしたようであちこちぺたぺたと触り始めた。

「おんいり、おんいり」

「そうおにぎり。こないだ雨の日も食べただろう？」

「おんいり、ね」

「鈴香できっかな。こうやってご飯を少し冷まして、真ん中に具を入れてっと」

俺がラップの上にご飯を広げ真ん中に醬油《しょうゆ》と砂糖を混ぜた鰹節《かつおぶし》を載せると、鈴香は「すげー」と声を漏らした。

「すごいだろ。よし鈴香、これをぎゅってしてくれ」

俺はラップでくるんだご飯を鈴香に渡した。

「ぎゅー？」

「そう。ぎゅって手で握るんだ。ほら、こんなふうにまん丸にしようかな」

俺は一つ鈴香の目の前でおにぎりを握ってみせた。

「すげー」

「鈴香もやってみ」

鈴香は「ぎゅー」と声を出しながらラップの上からご飯を握りだした。鈴香の握力は案外強いようで、ご飯がぐちゃっとつぶされていく。

「おお、ご飯がべったべったになってそうだな。鈴香もういい」

「もっともっとー」

「いやいや、ストップストップ！」

俺はまだ「ぎゅー」とおにぎりを握ろうとしている鈴香を止めた。このままではご飯がのりみたいになってしまう。

「じゃあ、これ。次のを作って」

俺はまだまだ握りたがっている鈴香に、昆布を具にしたご飯を渡した。

「ぎゅー」

「鈴香、やさしくぎゅーだぜ」

「ぎゅーぎゅー！　おんいり」

鈴香は小さな両手でおにぎりを握っていく。砂場で愛ちゃんと由奈ちゃんに泥団子の作り方を教わっているから、形作るのはなかなかうまいものだ。だけど、力加減が難しいようで一生懸命握りすぎて、ご飯はしっかり固められてしまっている。

「鈴香、そっとそっとだぜ。ああもうこれは出来上がり。次な」

「おんいり、ぎゅー」

鈴香は力を込めて必死でおにぎりを握るから、止めるのがたいへんだ。

「よし、もうそれぐらいで十分」

「ぎゅぎゅー」

「じゃあ、これ。鮭《さけ》を頼むわ」

俺がご飯の中に具を入れて形づけたものを渡し、鈴香がそれを握る。俺たちのおにぎり作りも、だんだん手際《てぎわ》よくなってきた。

「泥団子より楽しいだろ」

「おんいり、あったたいね」

「炊き立てご飯だもんな。早く作って冷めないうちに食おうぜ」

ご飯の柔らかい感覚が手に気持ちがいいのだろう。鈴香は積み木やお絵かきと同じように、夢中で作っている。

「もっとー、もっとー」

「いや、もういいよ。鈴香」

「もっとーもっとー、ぎゅー」

「んな食えねえだろう？　お腹《なか》ぽんぽんになっちまう」

鈴香の手のひらサイズとは言え、おにぎりは三十個以上できた。鈴香はまだまだ作る気でいるけれど、二人でそんなに米ばかり食えない。

「じゃあ、ほかの作ろう。な」

俺は手を広げてもっと作らせろと訴えている鈴香にボウルを渡してやった。

「ぶんぶー？」

「卵焼きにすっかな。よし、鈴香ぐるぐるして」

俺はボウルの中に卵を割って、鈴香にスプーンを持たせた。

「こうして、ぐるぐるって混ぜてくれ」

「ぐるるるー」

俺が見本を見せると、鈴香はスプーンをゆっくりと動かし始めた。神妙な顔をして、おにぎりのときとは違って慎重に混ぜている。

「おお、いいじゃん。どんどん黄色くなってきたな」

「ぐるるー」

「じゃあ、だしと砂糖と醬油とみりんを入れてっと」

「ぐるぐる」

「そう。鈴香、もっとしっかり混ぜて」

調味料が加わって卵液の色が変わるのがおもしろいようで、鈴香はボウルに顔をくっつけて中をじっと見ながら混ぜている。

「おお。上手に混ぜたじゃん。それを焼いて出来上がりだな」

「ジュージュー」

「そう。焼くのは俺がやっから」

「ぶんぶ」

「鈴香あちちだぜ」

俺がささっと作ってしまおうとするのに、鈴香は焼くのを見せろと「ジュージュー」と声を張り上げている。ざっくり炒《いた》めるチャーハンならまだしも、だし巻き卵を片手で作れるだろうか。でも、鈴香が断念するわけがない。俺はいつものようにひょいと左腕で鈴香を抱えてやった。

「ジュージュー」

「少しずつ卵を入れてって、で、こうやってくるくる巻くんだ」

「すげー」

「おもしれえだろ」

鈴香を抱えたまま右手で卵を薄く焼いて巻いていく。難しいかと思いきや、案外できるもんだ。しょっちゅう左腕に鈴香を抱いているし、鈴香のほうも上手に俺の腕に収まるようになっているから、片手でだいたいのことができるようになった。

「ジュージュー」

「おお、いい感じだな。最後にひょいっと、よし、できた！」

「でったー」

少々焦《こ》げてしまったけれど、だし巻き卵はふっくらとみずみずしいつやがある。おにぎりにだし巻き。二人で食べるのには十分だ。

「さあ、めしだ！」

俺たちは窓の前に敷いたビニルシートの上に昼ご飯の支度をした。自分で作ったからか、鈴香もおにぎりを入れた弁当箱を大切そうに運んでいる。

「お茶にお箸《はし》に。これで、ＯＫだな」

「ただきまー」

「鈴香早えな」

鈴香はさっさと一人で手を合わせると、おにぎりをほおばった。

「どうだ？　自分で作ったからおいしいだろ」

俺が尋ねると、鈴香は口の中をご飯でいっぱいにしながら、「いしーね」と答えた。

「俺も鈴香の食ってみよ」

俺も一つ口に入れてみる。鈴香の小さい手で何度も握られたご飯はべたべただけど、昆布のおにぎりはシンプルでおいしい。

「ぎっしり米が詰まってっから見た目以上にボリュームあんな」

「いしーいしー」

「ああ、ちゃんとうめえけどな」

「いしーね」

鈴香は小さなおにぎりを次々と食べていく。俺がここに来はじめたころ、何も食べずにいられたのが不思議なくらい、食欲旺盛《おうせい》だ。

「おい、鈴香、どうしてお前、自分で作ったの食べねえんだ?」

鈴香は二個目からは、俺が作ったおにぎりばかりを手に取った。

「せっかくだから自分で作ったの食えよ。これ、お前が作った昆布のだぜ」

鈴香が握ったおにぎりを渡そうとすると、鈴香は俺のほうにそのおにぎりを押し付けてきた。

「どーじょ」

「どうぞって頑張って作ったのに、俺が食っていいの?」

「どーじょ」

鈴香はそう言いながら、また俺が作ったおにぎりに手を伸ばした。なるほど。残念ながら見栄《みば》えは俺のおにぎりのほうがいい。

「鈴香ちゃっかりしてんな」

「どーじょー」

鈴香はすました顔で自分が作ったおにぎりは俺に渡してくる。

「まあ、鈴香のおにぎり、おいしいからいいけどな」

「いしーね」

「ああおいしいな」

おにぎりはおふくろのが一番うまいと思っていたけれど、鈴香の握ったおにぎりもなかなかいい。不格好でご飯がべたべたなのに、どうしてかちゃんとおいしかった。鈴香の「いしーね」に相槌《あいづち》を打ちながら、二人でおにぎりを、いくつも食べた。お腹がいっぱいになって、ごちそうさまを言うころには鈴香はもう眠そうな顔をしていた。

それでも、鈴香は食べ終わったとたん、絵本を持ってくると俺の前にちょこんと座った。

「別に絵本読まずに昼寝したっていいのに」

「ぶんぶー」

「鈴香ってわりと一日の流れを守るタイプだもんな」

「ぶんぶ」

昼ご飯が終わると、いつも鈴香は絵本を俺の前に持ってくる。やんちゃな鈴香が、じっと座って本に見入る姿は毎日見ていても笑える。

こうして絵本を読むこともなくなるな。空で言えるようになったこの話。単純で簡単な話を何度読んだだろう。

一回目は正確に読んで、次は鈴香と一緒に読む。五回目を過ぎたころからだんだん声を落として、最後はゆっくりと。これで鈴香は眠りに落ちてくれる。

半分目を閉じかけている鈴香を見ながら、俺は最後のページまで読んだ。ほとんど寝ているくせに途中でやめると、鈴香はぴたりと目を開けてしまうからだ。

「きゅっ　きゅっ　きゅっ　はい　ごちそうさま」

最後の一文を読み終えると、鈴香は気持ちよさそうな顔で座ったまますっと眠りについた。

「よし。おやすみだな」

俺は鈴香を抱きかかえると、リビングの隅に敷いた布団《ふとん》に寝かせた。起きているときとは違うどっしりとした重みにかすかに聞こえてくる寝息。この健やかな姿を見ていると、無駄な力が抜けていく。ただの寝顔なのに、いつまででも見ていられる。でも、このあとは公園が待っている。鈴香と行く最後の公園だ。思いっきり楽しむためにも、寝ている間に片づけを済ませないとな。俺は鈴香を起こさないようにそっと台所へ向かった。

鈴香が昼寝から覚めると、一緒にビスコを食べ、何度も歌った歌を歌いながら公園へと歩いた。三時半の太陽。まだまだ暑くて目がくらみそうになる。その光も公園を出るころには力を弱め始める。鈴香と外に出かけるようになって、夏の太陽をしっかり味わうようになった。体力を奪うようなじっとりとした暑さの中を歩くのも、鈴香とだと悪くない。

公園に着くと、俺はぐるっと周りを見渡した。暑さなどおかまいなしに遊ぶ子どもたち、そのそばに立つ母親。すべり台にブランコに砂場。木々に囲まれてたくさんの日陰を作る芝生。十日ほど通っただけの場所なのに、慣れ親しんだ光景に思える。見回している俺をまねしてか鈴香は「ぐるるー」と言いながら、芝生の上でくるくる回ると、そのまま砂場へと走っていった。

「おお、鈴香。待て待て」

俺が追いかけると、鈴香はきゃっきゃとはしゃいで足を速める。そのくせ砂場に着くと、逃げていたことなど忘れてすぐさま愛ちゃんと由奈ちゃんと遊び始めるのだから、こっちは拍子抜けしてしまう。

「暑いわね」

「そうっすね。そうだ、これ」

俺は挨拶《あいさつ》を済ませると、お母さんたちに写真を渡した。由奈ちゃんと愛ちゃんだけで写っている写真も結構あって、俺が黙って持っているのもよくない気がしたのだ。

写真を受け取ると、愛ちゃんのお母さんが不思議そうな顔をした。

「ありがとう……。って、鈴香ちゃん、引越しでもするの？」

「いえ、どうしてっすか？」

「昨日は写真撮りだしたかと思ったら走りまくって、さっそく翌日に写真をくれるなんて。なんか妙な感じしちゃうわ」

愛ちゃんのお母さんが言うのに、「確かになんかバタバタだけど、まさかね」と由奈ちゃんのお母さんが笑った。

「引越しなんて、ないっす」

「だったらいいけどさ。どこか行くときは教えてよ。こうして公園で会ってるだけだと、どんなに仲良くなっても知らないうちに来なくなって、そのままあの子どうしたんだろうねってよくあるもんね」

愛ちゃんのお母さんがそう言うと、由奈ちゃんのお母さんが「そういえばさえちゃんも見なくなったね」とうなずいた。確かに、公園で会う、誰の住所も連絡先も苗字《みょうじ》も知らない。毎日遊んでいても、ここに来なくなったらそれで終わり。すんなり仲良くなれた分、離れていくのもあっけない。関係の心地よさのどこかに、たやすく断ち切れるという部分も含まれているのだろうか。

今日も愛ちゃんと由奈ちゃんの間に陣取って、鈴香は泥団子を作っている。愛ちゃんに「うわ、上手だね。赤ちゃん」と言われると、鈴香はにこにこ笑ってさらにはりきって砂を握りだす。それを由奈ちゃんが、「すごいね」とまたほめてくれるから、鈴香はうれしくってたまらない顔をしている。

簡単に切っちゃいけないよな。この公園のことは奥さんに伝えておこう。愛ちゃんに由奈ちゃん。ゆう君やときどき見かけるお姉ちゃんや男の子たち。それだけの人に一気に会えなくなると、さすがの鈴香も寂しくなるはずだ。

「鈴香、どこに行く予定もないんで、まだまだ遊んでやってください」

俺は軽く頭を下げた。

「もちろん。だって、愛たちのほうが、鈴香ちゃんと遊べるの、喜んでるもんね。そうだ、お盆どこか行くの？」

愛ちゃんのお母さんが声を弾ませて言った。

「お盆?」

「来週からお盆休みだもんね。由奈は水族館に行きたいって、毎日うるさくって。もうパパに頼んでる」

由奈ちゃんのお母さんが「あの子そういうところだけしっかりしてるから」と笑った。

「水族館いいよね! 動物園と違って涼しいし、こっちも助かる。鈴香ちゃん行ったことある?」

愛ちゃんのお母さんが聞くのに、「いや、まだ」と俺は不確かながら首を横に振った。

「いいよ。水族館。案外、子どもって魚に見入ってくれるよ。あの大きい水槽だけで惹《ひ》かれてるもんね」

そうだろうな。水槽におでこをぺたりとくっつけている鈴香の姿は想像できる。ペンギンやアシカを見つけたら、きっと大喜びするだろう。

「暑いけど、夏はやっぱりイベントが多いし、いいよね。日曜には、山田川で花火大会もあるし」

「鈴香ちゃん、まだ音、怖いんじゃない？　由奈は最近まで花火連れていってもびびってた」

「ああ、そうっすね」

「どうだろう。喜びそうっすけど夜だから怖いかな」

空に広がるきらきらした光。花火を見たら、その大きさに、一瞬で現れ消えていく様に、鈴香も驚くだろう。なんでも興味津々《しんしん》の鈴香だから、大きな低い音に耳をふさぎながらも、手を伸ばして花火を触ろうとするんじゃないだろうか。

花火に水族館。目を輝かせるはずの鈴香の顔はすぐに浮かんだ。鈴香にはまだ見ていないものがたくさんあるのだ。

「明後日《あさって》から、うちは奮発して沖縄行くんだ。家族で初の遠出」

愛ちゃんのお母さんが言うと、「いいな。うらやましい」と由奈ちゃんのお母さんが目を細めた。

「お土産買ってくるね。っていっても、愛が選ぶからしょうもないもんだけど。おじさんにはいい物あげてまた肩車してもらうってはりきってたよ」

「ははは。ありがとうございます」

愛ちゃんは俺に何を選ぶのだろう。また肩車をしてもいいようなものをちゃんとお土産にしてくれるのだろうか。それはとても興味がある。もう少しこのバイトが長ければ、愛ちゃんのお土産を手にすることもできた。けれど、心配することはない。鈴香が俺の分をちゃっかり受け取ってくれるはずだ。

「でもさー、最近はようやく覚えるようになったけど、あちこち連れて行っても、すぐに忘れちゃうんだよね」

愛ちゃんのお母さんが眉《まゆ》をひそめて言うと、

「本当、時間とお金と頭を使って、いろいろ考えて喜ぶだろうって連れて行っても、もったいないだけだよね。そのとき限りだもん。三歳より前の記憶なんて、何も残らないらしいし」

と由奈ちゃんのお母さんも大いに同意した。

「確かに私なんて、幼稚園の入園式で転んでひっくり返ったのが最初の記憶だもんな」

「私は何だろう……。アイスを弟に取られて泣いてたのかな？　いや、それはもう小学生の話か、もっと前は……」

昔の記憶の話で盛り上がるお母さんたちの横で、俺は鈴香を眺めた。

鈴香は、俺のほうを窺《うかが》いながらにこにこして砂を握っている。どこにいても、鈴香は俺の居場所をちらりと見ては確認する。

それなのに、鈴香は俺のことを確実に忘れてしまうだろう。俺が二歳の記憶など全くないように、鈴香の中に俺のことなど何一つ残らない。これから鈴香には今よりはるかに広い大きな世界が待っているのだから、当然だ。

思い出されることのない時間。だけど、確かに積み重ねていった時間。それは思い出や記憶とは違うところに刻み込まれていくのだろうか。

「見てみてー」

「三人で作ったの」

鈴香と由奈ちゃんと愛ちゃんは、二十個近くの泥団子を俺の前に並べた。

「おじさん、いっぱい食べてね」

「つうか、俺、団子苦手だし」

「これ、お団子じゃないよ。ねー」

と三人は顔を見合わせた。

「なんだ？　いつもと一緒じゃん」

「おんいり、ぎゅー」

鈴香が手を重ねながら言うと、愛ちゃんと由奈ちゃんも「おにぎり、おにぎり」と楽しそうに言った。

「そうなんだ。団子にしか見えねえけどな」

「よく見てよね。この白いのは昆布で、石がついてるのは鮭で、えっと、これは梅ぼし。おじさん、おにぎり好きなんでしょう。知ってるもんね」

由奈ちゃんが偉そうに説明する。

「まあな。でも、昼いっぱい食ったんだよな」

俺はそう言いながらも泥団子の前にしゃがんで一つ手に取った。

「どーじょ」

「どうも。いただきます」

と泥団子を割ってみると、中から木の枝が出てきた。

「お、これ、何？」

「それは……チョコ！」

愛ちゃんが手を上げて言うのに、由奈ちゃんと鈴香も「チョコ！」と叫んだ。三人が言うには、当たりのおにぎりだそうだけど、米にチョコが合うわけがない。俺は泥団子を手にしながら顔をしかめた。

「げ。チョコかよ」

「チョコ味一つしかなかったのに、一つ目で当てるなんて、おじさんラッキーだよ。おめでとう！」

愛ちゃんはそう言って、拍手をした。

「マジかよ。ご飯とチョコなんてぞっとすっけどな」

「どうしてよ。変なの。どっちも食べれていいでしょう」

「最悪の組み合わせじゃねえか」

泥だとしてもチョコ入りおにぎりなど食べられたものじゃない。それでも、由奈ちゃんに「文句言わないでよね」と腕組みをされ、「いしー。ね」と鈴香に顔をのぞき込まれ、俺はしぶしぶ「おいしいな」とチョコ味の泥団子をほおばるふりをした。

泥団子をたらふく食べて、芝生を走って、由奈ちゃんと愛ちゃんが「バイバーイ」と手を振るのに応《こた》えて。「さあ、帰ろっか」と鈴香と公園から一歩出ると、いよいよ終わりなんだという実感が迫った。もうすぐ先輩も帰ってくる。公園を後にすると、俺と鈴香の時間も終わりに向かうだけだ。

傾きだした日差しを浴びながら歩く帰り道。行きしなは早く公園に行こうとする鈴香に引っ張られて出しそびれた手紙を、ポストに入れた。写真と絵が入っているせいで重みのある封筒は、ことんという音を立てて中へと落ちた。これで、次へと渡されたんだ。写真と手紙と一緒に、俺の仕事や役割も。俺の役目はここで終わりだ。そう思うと、どうしようもないむなしさと終わりを迎えた安堵《あんど》が一度に広がった。あのときと同じ心地だ。

中学校駅伝の県大会。俺たち市野中学駅伝チームは創部以来最高位の十二位に入った。

素晴らしい記録だ。県大会にぎりぎり出られるかどうかだった俺たちが、奇跡的なレースをできた。その結果に喜びながら、今日で終わりだということに、こんなふうに走ることは明日からはないということに、みんなどこかやるせない気持ちを抱えていた。

そんな俺たちに上原は、「あと少し、もう少しこんなふうでいられたら、そう思える時間が過ごせて、本当によかった」と言った。「全国大会まで行ってしまったら、まだまだこのメンバーと走るなんてもう十分って私は思っちゃってたな」と陽気に笑いながら。

みんな全国大会なんて行けるわけがないと知っていた。あきらめているのではなく、どう転んでも達成できない目標だからだ。だから、県大会がゴールだった。それなのに、あと少し、もう少しこのまま走っていたい。その思いはなかなか消えなかった。

今も同じ。まさか鈴香が大きくなるまでそばにいられるわけがない。そんなことはわかっている。けれど、もう少し鈴香が広げていくその世界をそばで見ていたい。あと少し鈴香と一緒に胸を躍らせていたい。その思いはどうしたって消えそうもない。だけど、「あと少し、もう少し」どこか苦しいそんな願いを持てるのは、きっと幸せなことだ。


「よし、鈴香、びゅーんしてやろうか」

俺がそう言って、ポストの前でしゃがみ込むと、すぐさま鈴香は「びゅんびゅん！」と俺の肩に強引に足をかけてきた。

「ちょっと待てよ。慌《あわ》てると落っこちるだろう。鈴香はせっかちだな。ほら、よいっしょっと」

俺は鈴香を肩に跨らせると、ふとももをしっかりとつかんだ。弾力のある温かい足。最初は鈴香の体温に驚いたけど、今はこの温度が何より心地いい。

「よし、鈴香、ちゃんと頭持ってろよ」

「ぶんぶー！」

肩に乗せて立ち上がると、鈴香はすぐに「ひゃあーひゃあー」と歓声を上げた。高いところから見える景色に、すっかりはしゃいでいる。

「ひゃー。すげーすげー」

「そう。すごいだろう？」

「おそら」

「おお、空に手届きそうだろうな」

「おあな」

「花なんかそんなとこあっか？」

「ひゅーひゅー」

顔は見えないけれど、頭の上の弾んだ声で、鈴香がこぼれそうに笑っているのがわかる。俺を突き動かす、これ以上はないあの笑顔で。

「俺、公園のどの親よりも、お前のママよりパパより速く走れるぜ。本当はこのまま走ってどこかに逃げてしまえる走力がある」

「びゅんびゅーん」

「でも、やめとくわ。そんなの誰も楽しくねえからな。ただされ、鈴香。かわいい妹がやってきても、そのあと弟とかがまたやって来たとしても、鈴香がすげえ大事なやつだってことは変わんねえからな」

「ぶんぶー」

あちこち見渡しているのだろう。鈴香が揺れる振動が肩に伝わってくる。

「鈴香に言ってもわかんねえな。ま、とにかく、お前はずっとそうやって楽しいって笑っててくれよな」

「ひゅーひゅー」

「俺が心配しなくても、お前はいつも楽しいか」

鈴香と過ごしてわかったことがある。俺は、たいした人間じゃない。だから、自分のためにしたいこともなかなか見つからないのだ。どれだけ途方に暮れて、自分のことを考えたところでたかが知れてる。でも、誰かが食べるご飯なら手間暇かけて作れるように、他人のためにできることはいくつか思い浮かべられる。俺なんかに、他人の気持ちなどわかるわけはない。けれど、そばにいる人を笑わせるのは、そんなに困難なことじゃない。こうして走るだけで、心から喜んでくれるやつがいるのだ。

「よし、ここからちょっとスピードアップだな」

「びゅーん!」

「そう。もう車が来ない道だしな」

「びゅんびゅん」

「しっかりつかまってろよ」

「ひゃー」

鈴香は俺の頭をぎゅっと押さえた。その小さな手に押し出されるように、俺は少し足を速めた。肩の上で鈴香がはしゃぐたび、体に振動が伝わる。この重みを感じるのは、今日で最後だ。不自由なのに、一人で走るよりも、ずっと速く走れそうな気がするやわらかな重み。それを感じながら、最後のアパートの階段を勢いよく上った。ここでゴールだ。


鈴香と麦茶を一気飲みしていると、先輩が帰ってきた。

「これ。今まで本当にありがとう」

先輩が渡してくれた銀行の封筒には十五万円が入っていた。

「これだけ助けてもらって、こんなんじゃ、足りねえけどな」

二十一日間が十五万円になるのか。お金で表されると、今日までの時間の重さを感じる。それでも、十六歳の俺がもらうのには、多すぎる金額だ。

「こんなに、もらえないっすよ」

「いいんだ。金じゃ、どうしようもできないことを、やってくれたんだから」

「たいしたことしてないっす」

厄介だったのは最初の三日だけで、あとはいつの間にか時間が過ぎた。俺は本当のことを口にした。

「たいしたこと、大ありだぜ。大田以外にはつとまんなかったな」

「んなわけねえっすよ。それに、奥さんと赤ちゃん帰って来たら、先輩もいろいろ物入りっしょ。俺なんかに無駄遣いしないでください」

「大丈夫。家族中で節約するし。毎日みんなでけちけちしても、及ばねえくれえ価値あることしてもらったわ。まあ、受け取ってくれって」

俺だって同じだ。何を削っても何を我慢しても、釣り合わない時間をここで過ごした。お金に換算できるわけがない。だけど、返すだいらないだの言っても、先輩はお金をひっこめる気はなさそうだ。使い道など何一つ思い浮かばないけれど、無駄なやり取りをするだけだから、ありがたくもらっておくことにした。

「なんか、すいません。ありがとうございます」

「礼を言うのは俺たちのほうだって。そうだ、鈴香にはこれ」

先輩は帰りに買ってきたのだろう。赤ちゃんの人形を鈴香に渡した。哺乳瓶《ほにゅうびん》やよだれかけなどがついたなかなかリアルな人形だ。鈴香はすぐさま「かーいーね」と抱っこして遊び始めた。自分もまだ小さいくせに、すっかりお姉さんぶっている。

「じゃあ……俺、帰ります」

俺は人形の口に哺乳瓶を強引に突っ込む鈴香に笑いながら立ち上がった。先輩が戻れば、俺の出番は終わり。鈴香が何かに夢中になっているときのほうが帰りやすい。

「なんだよ。最終日なんだから夕飯でも食ってけばいいのにさ。寿司《すし》とろうぜ。寿司」

「寿司は明日奥さんと食べてください」

「えらく急ぐんだな。一刻も早く帰りたいってか」

先輩が茶化すのに、俺は「まさか」と首を振った。

あと少し、もう少し。ここにいられるなら、どんなにいいだろう。でも、引き延ばしちゃいけない。終わりを告げた時間にとどまっていてはだめだ。

「鈴香、最後にお兄ちゃんに……」

「いいっすよ。最後だなんて大げさっす」

「そうか。そうだよな」

「そうっすよ」

「また、いつでも来てくれよな」

「はい」

俺はうなずきながら、もう来ることはない部屋の中を最後に見回した。ここに来たら、また鈴香といたくなってしまう。一緒に過ごしたら、ずっと鈴香の姿を見ていたくなってしまう。中学校のグラウンドはもう走らないように、今度誰かのために時間を使うとしたら、その相手は鈴香ではないはずだ。

「マジ、ありがとう。大田が困ったことがあれば、俺、なんでもすっから」

先輩がかすかに涙をにじませるのに、いくつか言いたいことがあったはずの俺は何も言葉にできなかった。

「じゃあな鈴香」

俺が声をかけると、今日で最後だなんて思っていない鈴香は、遊びながら片手間に手を振った。

「いい加減なやつだな」

「鈴香らしくていいっすよ」

先輩が顔をしかめるのに、俺は笑った。

これでいいのだ。鈴香は俺のことを、すぐに忘れてしまうのだから。こんなに濃密だった日々も、鈴香の中から跡形もなく消えていくのだから。別れは惜しむものじゃない。ただ日常にあるだけだ。鈴香はまた新しい何かに手を伸ばしていく。それは俺だって同じ。俺のフィールドがこれから先にしかないのなら、ここでの日々を握りしめてばかりもいられない。

「そんじゃ、行きます」

「ああ、またな。マジでありがとう」

「じゃあ」

俺は先輩に頭を下げると、玄関の扉を開けた。

刺すように降り注いでいた日差しも今は和らいでいる。穏やかに広がる西日の中、アパートの階段を下りる。鈴香の手を握って何度も上り下りした階段。一歩ずつ一人で下りていくたびに、完全に終わったことを心も体も知っていく。さよならだなと、慣れ親しんだクリーム色の建物を背に足を進めると、声が聞こえた。

見上げると、アパートのベランダには、先輩と鈴香がいる。

「おお、鈴香じゃねえか。バイバイ」

俺が声をかけると、先輩に抱きかかえられた鈴香が大きな声で何やら叫んだ。

「なんだ、鈴香？　どうした？」

アパートのほうに一歩近づくと、鈴香は手を振りながらさらに声を張り上げた。

「ばんばってー」

濃い色の西日に照らされた顔。まぶしい日差しの中でもまっすぐ見開く瞳《ひとみ》。日に焼けて少しはしまって見えるようになったふっくらした頰。ちょこんとした鼻に淡い色の唇。この夏、間近でずっと見てきた顔に、俺も手を上げて応えた。

「おお。鈴香もな」

「ばんばってー」

「ああ、わかってる。わかってるぜ」

俺が手を振ると、鈴香は満足そうな顔で「ぶんぶー」と手を高く上げた。夕焼けが鈴香の指先まで照らしている。

記憶のどこにも残っちゃいないけれど、俺にも鈴香と同じように、すべてが光り輝いて見えたときがあったのだ。もちろん、今だってすべてが光を失っているわけじゃない。こんなふうに俺に「がんばって」と言葉を送ってくれるやつがいるのだから。

俺はまだ十六歳だ。「もう十分」なんて、言ってる場合じゃない。

空には太陽がまだ光を放っている。レースはあちこちで続いているのだ。よし、走るとすっか。夏はまだ終わっていない。

「じゃあな。鈴香」

俺はもう一度手を振ると、勢いをつけて一歩足を踏み出した。

大田君、逢いたかったよ。

あさのあつこ

大田《おおた》君にまた、逢《あ》えた。

中学校駅伝大会で市野中学陸上部の2区を走った選手である。

小学校のときから、名うての悪ガキで、中学に入学してもろくに授業にも出ず、体育館裏やテニスコートで煙草《たばこ》をふかしていた少年でもあった。前作、『あと少し、もう少し』で初めて出逢った大田君は、絵に描いたような不良少年でありながら、強い個性を放ち、独特の雰囲気を纏《まと》っている。もっとも、これは、大田君に限ったことではない。市野中学陸上部の面々は誰もが、個性的で独特だ（わたしは、4区の走者、渡部くんのややこしい優しさが好きでした）。さらに言うなら瀬尾まいこの手法とは、大きなストーリーの中に人を投げ入れるのではなく、作家としての彼女がじっくりと丁寧に捉《とら》えた人間、一人一人を描くことで、いつのまにか人間の物語を形作っていくもの……と、わたしは勝手に感じていた。

それは、10年ちかく前に、デビュー作『卵の緒』を読んだ時から、一貫して変わらない。派手な場面があるわけでも、特異な出来事が起こるわけでもない作品の中で、瀬尾まいこの生み出した人間は、ひっそりとしかし、強靭《きょうじん》に立っている。真夏の、真昼のグラウンドにくっきり刻まれた若い影のように鮮烈に、そこにある。

大田君もそうだった。

分数でつまずいて、自分を落ちこぼれと自分で決めつけているこの少年は、しかし、実に哲学的でありながら現実的な思考をする。現実に即して問題を解決していきながら、解決していくたびに生きていくために必要な小さな糧《かて》、思考力とか希望とか知識とか情報とか他人との結びつき方を学んでいくのだ。したたかで、知的で、寛容で、順応能力に長《た》けて、優しい。

まさに、子育てにはうってつけの資質だ。

大田君に1歳10カ月の愛娘《まなむすめ》鈴香《すずか》を託した中武《なかたけ》先輩は、そこまで見抜いていたのか、それとも、野性（？）のカンで託するに値する相手と察知したのか。

『君が夏を走らせる』。このタイトルと大田君の登場で、わたしはてっきり、これは高校生ランナーの物語だと思い込んだ（もともと思い込みは人一倍強い）。しかし、違った。作品の中には一度も陸上の試合は出てこないし、部活の風景もほとんどない。

唯一《ゆいいつ》、公園での中学陸上部との走りがあるだけだ。全編、ほぼ、大田君の鈴香を相手にした奮闘ぶりが綴《つづ》られている。

16歳の少年が、2歳前の幼児の母親代わりをする。遊び相手になり、食事を作り、公園に連れ出し、オムツを換える。

正直、読みながらはらはらした。3人の子育てを曲がりなりにも体験した者からすれば、大田君の子守りは、はらはらどきどきの連続なのだ。

大田君、そこで抱っこしてやらなくちゃ。そんなに焦《あせ》っちゃ駄目だよ。もうちょっと小まめにオムツ交換して。ウンチをしたら女の子は前の方もきれいに拭《ふ》いてやらないと云々《うんぬん》。もう、はっきり言ってお節介な姑《しゅうとめ》状態である。

人が人を育てるのは自然でありながら至難だ。まして、16歳の少年だ。あー、危なっかしい。あー、心配だ。

しかし、鈴香のお母さんが言ったとおり「大田君なら大丈夫」だった。彼は人としてちゃんと人を育てられる人だった。しかも、一方的に鈴香の世話をするだけでなく、鈴香から多くを学び、鈴香を通して多くを吸収していった。公園でのお母さんたちとの会話、子どもたちとの繋《つな》がり、中学の後輩たちとの走り。そこから彼が摑《つか》んだものが、読後、静かに胸に染《し》みてくる。

それで、理解できた。

これは、人と人が本気で向かい合ったとき、何が起こるのか。それを描いた物語なのだと。大田君と鈴香、二つの個がぶつかり、結びつき、火花を散らし、風を招き、葉を茂らせる。たった一つの、どこにもない物語なのだと。

最後、「ぶんぶー」と手を振る鈴香の仕草がせつない。大田君がせつない。大田君、鈴香はまだ2歳にもなっていないけれど、忘れないと思うよ。君が走った夏のことを幼い記憶の中にちゃんととどめているはずだよ。

子どもって、すごいからね。

（「波」二〇一七年八月号より再録、作家）

この作品は平成二十九年七月新潮社より刊行された。

君《きみ》が夏《なつ》を走《はし》らせる

新潮文庫　せ－12－4

令和二年七月一日発行
令和五年五月二十五日十三刷

著者　瀬《せ》尾《お》まいこ
発行者　佐藤隆信
発行所　株式会社　新潮社
郵便番号　一六二―八七一一
東京都新宿区矢来町七一
電話　編集部(〇三)三二六六―五四四〇
　　　読者係(〇三)三二六六―五一一一
https://www.shinchosha.co.jp

価格はカバーに表示してあります。

乱丁・落丁本は、ご面倒ですが小社読者係宛ご送付ください。送料小社負担にてお取替えいたします。

印刷・大日本印刷株式会社　製本・加藤製本株式会社

ISBN978-4-10-129774-3 C0193